RONALD M. SCHERNIKAU *Irene Binz.*
Befragung

UNVERKÄUFLICHES LESEEXEMPLAR
FÜR BUCHHANDEL UND PRESSE

Bitte Sperrfrist beachten:
Nicht vor dem 10. Februar 2010
besprechen!

RONALD M. SCHERNIKAU

Irene Binz. Befragung

HERAUSGEGEBEN
VON THOMAS KECK

MIT EINEM VORWORT
VON DIETMAR DATH

UND EINEM INTERVIEW
ZWISCHEN ELLEN SCHERNIKAU
UND CLAUDIA WANGERIN

ROTBUCH VERLAG

ISBN 978-3-86789-095-3

Umschlaggestaltung: Buchgut, Berlin
Umschlagabbildung: Porträt von Ellen Schernikau,
Fotograf: Jürgen Goldammer
Porträt von Ronald M. Schernikau, Fotografin: Ina Mischke
(Archiv Nachlaß Ronald M. Schernikau).
Druck und Bindung: CPI Moravia Books GmbH

Ein Verlagsverzeichnis schicken wir Ihnen gern:
Rotbuch Verlag GmbH
Neue Grünstraße 18
10179 Berlin
Tel. 01805/30 99 99
(0,14 Euro/Min., Mobil abweichend)

www.rotbuch.de

Ronald M. Schernikau, etwa 1980

Gebrochenes Gesetz, erfüllte Stimme

Wie Ronald M. Schernikau mit der literarischen Form »Protokoll« gearbeitet hat

Die Schrift, um die es geht, ist eine einzige Regelverletzung. Dies gilt nicht nur, wenn man sie als literarischen Text ernst nimmt (wie man das vermeiden soll, wird niemand Lesefähiges herauskriegen; für jede andere Einordnung ist sie einfach zu gut). Auch Leute, die darin nur ein zeithistorisches und individualgeschichtliches Lebensdokument sehen wollen, werden erkennen müssen, daß dieser Text die Regeln, die für das Genre gelten, dem sie ihn zuschlagen, systematisch mißachtet. Dichter dürfen nicht, was hier getan wurde; Journalisten können's nicht (und sollen's auch nicht können).

Von den Dichtern und ihren Pflichten: Vor der Schriftstellerscheinprüfung (wir tun mal so, als gäbe es dergleichen; der Verfasser von *Irene Binz* hätte nichts dagegen gehabt; bestandene Prüfungen, hört man, mochte er) prügelt man den kleinen Hasen kaum ein Gesetz strenger ein als dasjenige, Protokolle wirklicher Gespräche mit tatsächlichen Menschen seien nach dichterischer Bearbeitung unbedingt rückstandsfrei zu verbrennen und hätten keinen eigenen Textwert. Wer Ronald M. Schernikaus *Irene Binz* in der hier nun vorliegenden Form aber an jeder anderen denkbaren mißt, wird schnell begreifen, wieso der Verfasser auf dieses angebliche Gesetz gepfiffen und den Text auch nach

Bearbeitung für einen anderen Zusammenhang lieber aufbewahrt hat: aus Herzensgüte für unsereins Leser und natürlich aus Kunstverstand. Von beidem hatte er viel.

Von den Journalisten und ihren Rechten: Kein Mensch, der eine Reportage baut, soll, so will's die Handwerkerinnung, zu irgendeinem Gegenstand ein Interview führen, den der betreffende Mensch sich auch ohne dieses selbst erklären kann. Noch viel verbotener aber ist es, mit jemandem zu reden, dem man parteilich zustimmt oder den man auch nur »zu gut kennt« (der vorgeschriebene Abstand wird nirgends definiert, man soll ihn im Gefühl haben).

Alle diese Vorschriften hat Schernikau, als er sich daran setzte, *Irene Binz* zu schreiben, mit zwar tänzerisch flinken, aber doch auch elfmeterschützentauglich entschiedenen Füßen getreten. Die Interviewte ist seine Mutter. Da fragt man sich: Wie kann man nur? Die Motive für das in dem Gespräch erzählte eigene Handeln der Befragten billigt Schernikau alle, ohne Ausnahme, ob es politische, der Liebe gehorchende oder einfach der Grundkonstitution der Befragten entsprungene sind. Da fragt man sich: Wo gibt's denn so was? Die Erzählung selbst erscheint durch Schnitt, Übergänge, innere Abfolge des Behandelten und andere Geheimtricks der fortgeschrittenen Textrhythmik so eingerichtet, daß das Erzählte nicht nur wie die absolute Wahrheit wirkt, von der die Philosophen fast alle sagen, daß sie nicht zu haben sei, sondern sogar so, als hätte das alles sich unter gar keinen Umständen irgendwie anders zutragen können als auf die da geschilderte Weise. Da fragt man sich: Welcher Zweck wird hier verfolgt?

Die schwerste aller Fragen fasst die anderen zusammen: Weshalb ist *Irene Binz* (und das Wort, das jetzt kommt, darf man bei keinem einzigen von Schernikaus Texten lange aus den Augen verlieren, sonst verläuft man sich) schön? Kennen Sie viele Passagen in der deutschsprachigen

Anteilnahmeliteratur, in denen weniger aufgeregt und wirkungsvoller erzählt wird, was das für Ebbe-und-Flut-Kräfte sind, die in uns jene schweren Sachen umwälzen, die wir »Liebe« nennen, als die nachfolgende, in der eine Frau, die sich in der für sie richtigen Welt weiß, über einen Liebsten nachdenkt, der in einer für sie falschen Welt wohnt, und darüber, was das Reisen zwischen den beiden Welten und die Versuchung, seinetwegen in die falsche Welt umzuziehen, bei ihr für Empfindungen auslösen?

»Wir haben zwei Tage lang nur im Bett gelegen. Und ich mußte immer erzählen. Wer was gemacht hat, wie es uns geht, und er kannte ja alle. Das war so ruhig und ganz einig, und wir haben gelegen und er hat gesagt: Red weiter. Er war zuhause jetzt.

Und als ich zurück war, hab ich immer gedacht: Ich muß Abstand haben. Mal sehn, wie oft er sich meldet, und ob er wirklich sagt: Komm hierher, ich brauche euch. – Und er hätte ja auch sagen können: Komm wir fahren morgen. Hätte er ja sagen können. Aber das wäre auch zu ungewiß gewesen, mit so einem kleinen Kind. Manchmal hatte ich das Gefühl, er ist vielleicht ganz froh, daß er die Verantwortung los ist jetzt. Er war nicht energisch genug, sich scheiden zu lassen, hab ich mir immer überlegt, und wer weiß.«

Wer das nicht als die allerinnigste und zarteste Musik hören kann, ist verflucht. Wie sich das am Ende seufzend öffnet, unendlich milde, ein bißchen müde, »und wer weiß«; wie Schernikau die Punkte setzt und an welcher ganz entscheidenden, schwebenden Stelle den Gedankenstrich, wie alles durch das bewußte In-die-Schrift-Übernehmen der Redepartikel »und« seine märchen- und bibelhafte Kadenzen bekommt … und das soll dokumentarisch sein? Das soll keiner erfunden haben?

Die Lösung der genannten Rätsel ist gar nicht so schwierig: Nicht alle Gesetze in der Kunst (sowenig übrigens wie im Rechtswesen und in den Wissenschaften) haben zu jeder Zeit Anspruch auf den gleichen Rang und die gleiche Unverletzbarkeit. Ewigkeitsrecht bricht Berichtsrecht.

Das oberste jener Gesetze, gleichsam Ausgangspunkt der Verfassung von allem, was überhaupt Kunst heißen darf, lautet: Stelle dar, was Menschen an der Welt auffallen soll, nicht, wie sie ist. Haltung zur Welt also, nicht Kenntnis von ihr – der von Schernikau bewunderte Dichter Peter Hacks spitzte diese entscheidende Differenz einmal in dem Gleichnis zu, es sei ja wohl nicht Zweck des Alexanderschlacht-Denkmals, denen, die es betrachten, Geschichtsunterricht zu vermitteln.

Man muß gar nicht, wie Hacks und Schernikau, sozialistische Kunst machen wollen, um dieser Idee zuzustimmen – die eingefleischte Reaktionärin und Kapitalismuspredigerin Ayn Rand lehrte ganz dasselbe, als sie befand, Kunst sei die Darstellung von Weltausschnitten »*according to an artist's metaphysical value-judgments*«, eine Auswahl nach den wertenden Haltungsvorlieben der Künstlerin oder des Künstlers also. Daß »Weltausschnitt« dabei nicht nur konkrete Ton-, Farb-, Text- oder Raumnachahmungen von Gegenständen der gewöhnlichen Erfahrung bedeutet, sondern auch Abstraktes wie Relationen, Zeitordnungen und dergleichen umfassen kann, weiß dabei selbst die strenge Abbild-Theorie der Kunst; der marxistische Ästhetiker Hans Heinz Holz hat es ihr beigebracht.

Alle, die sich vor diesem Verfassungsgrundsatz (»bilde nicht Sachverhalte, sondern Haltungen zu Sachverhalten ab, um ästhetische Urteile zu erreichen«) beugen, können unterschreiben, was einer von Schernikaus Lieblingsautoren, Hegel, in den hinführenden Abschnitten seiner *Vorlesun-*

gen über die Ästhetik sagt: Zwar ahme die Kunst die Welt nach (was, wie wir mit Holz ergänzen dürfen, selbst für die nichtgegenständlichen Arbeiten gilt: wenn sie etwa rot sind, dann sind sie damit etwas, das zuerst Ding in der Welt war, bevor es Dinge in der Kunst gab, die das auch sind), dies aber sei nur ihre Arbeitsvoraussetzung, nicht ihr Zweck, der vielmehr darin bestehe »die schlummernden Gefühle, Neigungen und Leidenschaften aller Art zu wecken und zu beleben, das Herz zu erfüllen und den Menschen, entwickelt oder noch unentwickelt, alles durchfühlen zu lassen, was das menschliche Gemüt in seinem Innersten und Geheimsten tragen, erfahren und hervorbringen kann, was die Menschenbrust in ihrer Tiefe und in ihren mannigfaltigen Möglichkeiten und Seiten zu bewegen und aufzuregen vermag und was sonst der Geist in seinem Denken und in der Idee Wesentliches und Hohes habe [...].«

Ronald M. Schernikau, das zeigt sein Umgang mit der Verfahrensweise »Gesprächsabschrift« nicht nur in den verschiedenen erhaltenen Fassungen von *Irene Binz*, sondern auch jeder Protokolleinschub in seinem Romanessay *die tage in l.*, war keiner von denen, die sich der direkten Wiedergabe der Selbstauskunft von Menschen aus Bescheidenheit zuwandten. Viele tun so etwas ja, weil sie Hegels »Wesentliches und Hohes« für unerreichbar halten: Große Erzählungen, denken sie, sind eh nicht (mehr) möglich, laßt uns daher den kleinen lauschen. Schernikau war schlauer: Er traute sich zu, die Befragung und ihre literarische Darstellung so zu gestalten, daß gar nichts anderes dabei herauskommen konnte als eben Wesentliches und Hohes (sowie Melancholisches, Albernes, Fragwürdiges und die übrigen »schlummernden Gefühle, Neigungen und Leidenschaften«, ohne die es im Leben nicht gut und in der Kunst überhaupt nicht geht). Dieser Dichter war schlicht der Meinung, daß ein Gespräch, das er (und nicht irgendjemand anderer) mit seiner Mutter (und nicht mit irgendjemand anderem) führen und dann entsprechend seiner Vorstellung von Protokolltreue aufschreiben mochte, gar keine anderen Haltungen würde wachrufen können als eben die richtigen.

Dieser Umstand hat weniger Triviales, als man meint. Will man ihn verständig würdigen, ist zuallererst zu beachten, daß damit keineswegs gemeint ist, die Zustimmung des Sohnes zu den Wertungen der Mutter sei das Entscheidende, oder auf doof: Nur gute Menschen sagen gute, wichtige und kunstfähige Sachen. Daß diese Frau dem Dichter über das Hin und Her zwischen DDR und BRD Belangvolleres mitteilen konnte als irgendwelche unpolitischen Idioten, ergab sich für ihn nicht einfach daraus, daß er ihren Ansichten beipflichtete. Er hätte wohl der Meinung zugestimmt, daß auch ein übler Mensch, der lauter falsche Dinge denkt, also etwa ein überzeugter Nationalsozialist und KZ-Wärter, einem über einige Dinge, zum Beispiel die Beschaffenheit der Nazidiktatur, Belangvolleres würde verraten können als irgendwelche unpolitischen Idioten (selbst wenn Letztere durch Zufall irgendwelche durchaus interessanten Erfahrungen in der betreffenden Zeit gemacht hätten).

Der einzige Gegenstand, über den Schernikau überhaupt unpolitische Idioten (und in diesem Fall aber auch wirklich niemanden sonst) hat befragen wollen, war der Zustand unpolitischer Idiotie als solcher (deshalb kommen in den Abschnitten von *die tage in l.*, welche die Bundesrepublik Deutschland zur Zeit unmittelbar vor dem Ende der DDR behandeln, auch tatsächlich einige unpolitische Idioten zu Wort; die BRD damals, das war überhaupt nichts anderes als unpolitische Idiotie). Es geht nicht um richtige Ansichten und nicht um persönliches Betroffensein.

Es geht darum, ob eine bloße empirische Figur interessant genug ist, auch zur Kunstfigur zu taugen, und darum, ob die Dichterin oder der Dichter genug Fantasie, Mut und Geschick besitzt, diese Verwandlung zu verwirklichen.

Man ginge völlig in die Irre, wollte man das, was Schernikau tat, wenn er protokollierte, mit dem verwechseln, was, sagen wir, Erika Runge vorgemacht hat, jene berühmte und immer tapfer sozialkritische Reporterin, von der im letzten Jahrhundert so viele das Dokumentieren gelernt haben. Runges Verfahren, Leute zu Wort kommen zu lassen, lebt stets wesentlich von einer Art Enthaltsamkeit: Sowenig Runge wie möglich ergibt, nach ihrem Maßstab, den wahrhaftigen Text. Bei Schernikau ist es, vorsichtig ausgedrückt, anders: Er nimmt sich nicht zurück, um den Befragten Platz zu schaffen, sondern sickert sozusagen mit jedem Satz mehr in deren Äußerungen ein. Soviel Schernikau wie möglich ergibt, nach seinem Maßstab, den gerechten Text.

Als also André Müller senior am 28. März 1989 an Peter Hacks über die Protokollpassagen in *die tage in l.* schrieb: »Die nachgemachten Erika-Runge-Interviews sind reiner Scheiß«, irrte sich dieser verdiente Literaturwissenschaftler, Romancier und Kommunist in einem zwar ganz kleinen, aber sehr wesentlichen Punkt: als schlichte, reine, First-Order-»Erika-Runge-Interviews« taugen Schernikaus Protokolle wirklich nicht, aber das sollen sie nun mal nirgends sein. Sie wollen keine Welt durch Pauspapier. Sie machen Runge nach, wie Runge die Welt nachmacht, und nehmen so den schwersten Weg zum Wesentlichen: den Umweg über das zufällig tatsächlich Vorhandene. Sie sollen Kunst sein (und sie sind tatsächlich Kunst, nur das rettet sie).

Hegel sagt, der Künstler ahme die Natur nach, um Haltungen darzustellen und auszulösen. Schernikau ahmt ein bestimmtes Verfahren nach, die soziale Natur nachzuahmen, und erfaßt damit einen wesentlichen Aspekt der sozialen Natur mit, den ihre bloßen Nachahmerinnen und Nachahmer ausklammern müssen: daß in ihr die Nachahmung von sozialer Natur selbst Platz hat.

Es gibt von dem, was im hier vorliegenden Buch steht, noch eine andere Fassung. Sie steht in Schernikaus großem Roman *legende*, und zwar in Versen. Manchmal durchraschelt mich die Furcht, Schernikau habe die Arbeit dieser Versifizierung nur für die allerärmsten und lahmsten Krücken auf sich genommen, welche Dichtung erst erkennen, wenn sie Verse vor sich sehen. Der Irene-Binz-Text in *legende* ist aber nicht einfach eine rundere, didaktischere, am Ende womöglich noch bessere Version des Textes, der nun in Gestalt eines eigenständigen Buches vorliegt. Hegels *Vorlesungen über die Ästhetik* sind ja auch keine rundere, didaktischere, am Ende womöglich noch bessere Version des Textes, der auf einer lange vergessenen studentischen Vorlesungsmitschrift beruht und erst vor ein paar Jahren unter dem Titel *Philosophie der Kunst* veröffentlicht wurde.

Es sind dies alles einfach jeweils unterschiedliche Fassungen.

Wenn bei richtiger Philosophie und tatsächlicher Kunst die Fassung auch nicht das einzige ist, so ist sie doch immer das Entscheidende.

Man kann natürlich, anstatt ins Darstellen des Gesprächs mit der oder dem anderen seine ganze eigene Wesentlichkeit und Schönheit zu legen, wie Schernikau das tat, auch mit Notizblock und Kugelschreiber durch die Welt eumeln, ein paar Fuder Zeug notieren, die man mitzukriegen meint, und dann zu Hause am Rechner beim Verwursten im Vollbesitz ödester Befunde einfach draufloslügen. Man kann; aber es hilft niemandem.

Eine Figur bei Yukio Mishima beschwert sich: »Sie geben mir die Tatsachen, aber ich will die Wahrheit!«

Ronald M. Schernikau tat manchmal so, als läge es in seiner Absicht, uns die Tatsachen zu geben, weil wir in unserer Dummheit mitunter aussehen, als wären wir anspruchslos genug, nach dergleichen zu verlangen. Weil er aber weise war, gab er uns in Wirklichkeit das andere.

Dietmar Dath

Irene Binz.
Befragung

Ellen Schernikau als Oberschülerin, 1951

I

Und ich fuhr da hin, stellte mich vor bei der Oberin, sagte:

Guten Tag, ich bin Irene Binz, ich habe Ihnen geschrieben. Ich bin also vor anderthalb Jahren aus der DDR gekommen, habe dort als Lehrausbilderin gearbeitet.

Na, das kannte die nun gar nicht, DDR und Lehrausbilderin, das hieß also Schulschwester. Und Ostzone.

– Ja, wo haben Sie denn da gearbeitet?

Ich sag: In einem großen Haus, in M., deshalb möchte ich auch wieder in ein großes Haus. – Das war ja eine Universitätsklinik, dort.

Ja, sagt sie, schön, und führt mich so rum und wir gehen über Station, und sie stellt mich immer den Stationsschwestern vor. An den andern ging sie einfach vorbei, ob das eine Schülerin war oder eine Vollkraft. Ich dachte: Kennt sie die gar nicht?

Auch, wenn da eine in einer Gruppe stand grad, da wurde nur die leitende Schwester begrüßt. Die Reinemachefrauen huschten so an uns vorbei. Und die Ärzte, das war überhaupt das Schärfste, da hatten die Chefärzte goldene Wäscheknöpfe, die Oberärzte hatten silberne, und die einfachen, die sogenannten einfachen Ärzte, die hatten weiße. Du, ich hab das nicht geglaubt. Ich hab das so kurz gesehen und hab gedacht: Du täuschst dich.

Sowas gibts doch nicht mehr.

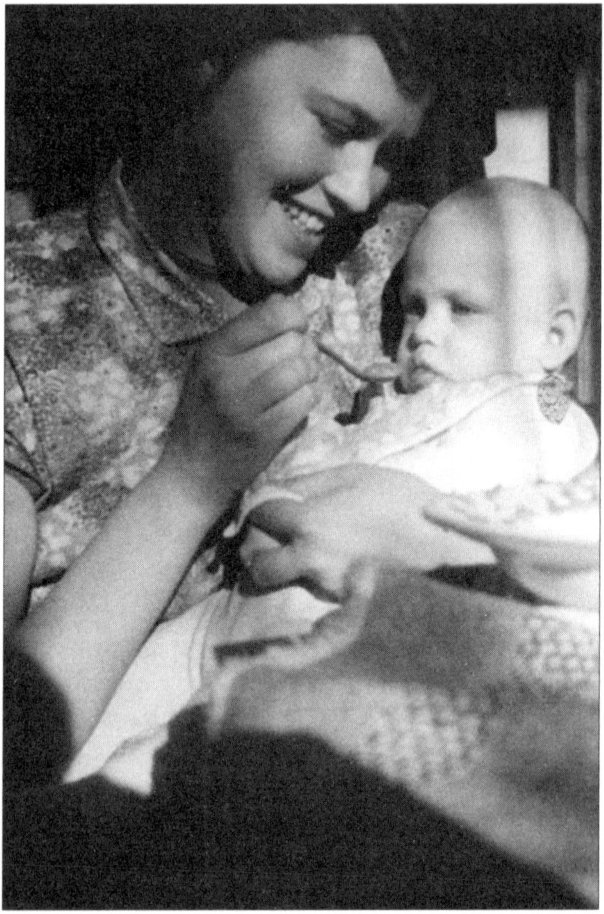

Ellen Schernikau mit ihrem Sohn Ronald, wenige Monate nach dessen Geburt im Juli 1960

2

Denn wir waren ja immer wie eine Familie gewesen, so ein lustiger Haufen. Ich weiß noch. Wir haben uns gut verstanden alle, da gabs keinen dabei, mit dem wir nicht irgendwie konnten. Wir haben morgens Besprechung gemacht, ich war ja Stationsschwester und AGL-Vorsitzende, und dann haben wir gesagt: So, und wer jetzt zuerst fertig ist – mit den Morgenarbeiten, das wiederholte sich ja immer so –, der macht Kaffee. Und dann so Frühstück. Da haben wir doch zusammen gesessen alle Mann.

Einmal, da war ich dann schon Lehrausbilderin, da war Parteiversammlung von der Schule, und eine Treppe höher war Sportnachmittag, also so ein Kaffeeklatsch von unserer Gymnastikgruppe mit den Schülerinnen, die hatte ich so nebenbei. Und nun mußten wir uns entscheiden, die eine, die Hilde, die war auch noch in beidem, und eigentlich hätten wir ja nun zur Parteiversammlung gehen müssen. Und wir hatten absolut keine Lust. Und wir mußten uns abmelden!, das wurde nicht lax behandelt, wir brauchten eine Entschuldigung. Und wir sind auf den gemütlichen Nachmittag, dachten: Uns fällt schon was ein. Und plötzlich macht der Franz, der Leiter von dem ganzen Sport, macht der uns so ein Zeichen, und die Hilde zieht mich so runter, und wir unter den Tisch gekrabbelt. Da hat der

Parteisekretär uns gesucht, von unserer Gruppe, und hat sich das schon gedacht, daß wir hier oben sind. Es war also offensichtlich. Ist der doch tatsächlich hoch gekommen! Und wir saßen unterm Tisch.

Nach ner Weile sagt der Franz: Er ist weg, ihr könnt wieder hoch kommen.

Und es war so: Neunundfünfzig oder sechzig war die Kandidatur zu Ende, und ich hab den Thomas das allererste Mal gesehen achtundfünfzig, da haben wir uns zufällig im Wartesaal in Graubrücken gegenüber gesessen. Und ich fand den so toll, der hat auch immer rüber geguckt, das war so eine Augenflirterei, so angeguckt, ach ich fand den so sympathisch und er mich wohl auch. Ich war aber nicht alleine da, irgendeine Frau war dabei. Und dann fuhr bald unser Zug, wir sind aufgestanden, er auch, und dann ist er in den Zug eingestiegen und da bin ich einfach auch in das Abteil gegangen. Und dann hab ich mich mit der unterhalten, und wir haben uns immer aber so angeguckt, und der hat sich dann irgendwann mal ins Gespräch eingemischt, so ganz harmlos, ein paar Worte da gewechselt. Und der hatte aber einen Ring auf. Und da hab ich gedacht: Verabreden? Da ist sowieso nichts drin. Ich fand ihn einfach sympathisch, ich hatte keine Idee, daß da irgendwas – ich hatte ja den Ring gesehn. Und wir stiegen zusammen aus, und er drehte sich noch so um und gab mir so die Hand und sagte: Auf Wiedersehn. – Hab ich gesagt: Ja, auf Wiedersehn; so ganz bewußt beide. Da war ich zweiundzwanzig.

Das ist nämlich so in der DDR, also damals war es so, man mußte als Angestellte zwei Jahre Kandidat sein, man mußte sich bewähren. Und die Kandidatur war denn bestanden, ich war da schon Stationsschwester, und dann wurde ich aufgenommen. Und ich kann mich noch erinnern, diese Parteiversammlung war nachmittags und ich mußte wieder auf Station, es war während meiner Dienstzeit, ich hatte Spätdienst. Und ich kam also zurück und begegne meinem Stationsarzt, und der war auch Genosse und aber an diesem Tag irgendwie nicht auf der Versammlung. Und da hab ich gesagt: Sie waren ja gar nicht da heut, ich bin heute aufgenommen worden. – Ach Mensch, sagt er: ich gratuliere, och schade, da hätte man doch Blumen besorgen müssen auf Station. – Der war ganz begeistert, er wußte ja, daß ich Kandidat bin, und er war so der erste, der mir außerhalb der Gruppe gratuliert hat. Und da bin ich irgendwie so ganz froh und zufrieden auf meine Station gegangen.

An Schwestern war noch eine in der Partei. Und die Kolleginnen, die haben das so zur Kenntnis genommen.

In der Zeit hab ich beim Tanzen öfter mal so kurze Bekanntschaften gehabt, wo ich auch mal mit jemand geschlafen habe, ich hatte ja dann ein Einzelzimmer im Wohnheim. Oder im Sommer draußen. Oder bei dem, oder wie das denn so kam. Zum Beispiel hatte ich da den Eberhard kennengelernt, von Ilse den ersten Mann, beim Tanzen im »Bukarest«, mit Erika bin ich dann sehr oft gegangen. Erika hat auf meiner Station gearbeitet.

Und wir fanden es immer so doof, daß man darauf warten mußte, bis nun ein Mann kam und einen aufforderte. Oft kam eben nicht der, den man gerne wollte. Weil, man hat sich ja auch umgeguckt und hat gesagt: Ach, der da hinten, guck mal; und hat sich so ausgetauscht: Der müßte mich mal. Und dann haben wir natürlich versucht, Augenkontakt aufzunehmen, aber das hat ja nicht immer geklappt, oder der kam nie. Und das fand ich immer bescheuert, daß man so abhängig war von dem Mann. Und dann haben wir uns das so ausgemalt, wie das wohl wäre, wenn jetzt die Frauen alle aufstehen.

Und ich hab schon als Kind immer die Jungs beneidet, weil die in der Hose immer so schön viel Taschen hatten. Die brauchten ja nie eine mitnehmen, die hatten Taschen, die hatten innen, die hatten außen, die hatten auf dem Hintern Taschen, die hatten vorne Taschen, das fand ich immer intressant. Aber daß ich eine Hose anziehen könnte, auf die Idee bin ich nicht gekommen. Weil, ich war ja ein Mädchen, ich konnte ja keine Hose anziehen, also war es für mich unerreichbar.

Ilse und Eberhard, die sind manchmal abends um neun noch gekommen, da hab ich schon im Bett gelegen: Los, raus, wir gehn ins »Bukarest«, gehn ein bißchen tanzen.

Ich hatte den Eberhard wieder getroffen nach ein zwei Jahren, als ich mit dem Kinderwagen durch M. ging. Auf einmal kommt mir der Eberhard entgegen – Eberhard, die Treppe knarrt, hab ich immer gesagt. Und wir gucken uns an, das war also lange her, und er: Was, du hast ein Kind? – Ja. – Und ich bin verheiratet, und besuch uns doch mal. – Oh, Eberhard, geht denn das? – Sagt er: Mensch, du hast doch nun auch jemand, und du hast doch das Kind, und das ist doch erledigt. Die Ilse versteht das. – Und das wurde ein ganz schöner Nachmittag. Wir haben ab da viel zusammen unternommen, in großen Abständen. Aber es war so eine kontinuierliche Freundschaft.

Es waren eben auch Genossen. Eberhard war ja Lehrer für GeWi, eigentlich war er Ingenieur und hat sich dann qualifiziert für die Ingenieurschule, und der hat den totalen Durchblick gehabt. Der war immer unheimlich geduldig, wenn wir über so Sachen gesprochen haben. Er hat gesagt: Die Leute sind noch nicht so weit. – Wenn jemand nicht so mit gedacht hat, was Ilse auch erzählt hat von Kolleginnen, sie ist ja auch Lehrerin; von Leuten, die zur Arbeit nur wegen Geld kommen und die gar nichts intressiert. Er war immer der, der versucht hat klar zu machen, daß es eben Menschen sind, die es bis jetzt nicht anders gelernt haben. Der fing denn an von der Dialektik: Das mußt du im Zusammenhang sehen, Irene, hast du doch gelernt. – Und das war schön.

Ich war ja von Anfang an dabei. Ich bin mit vierzehn ins Internat in die Oberschule, weil es keine Busverbindung gab – weit weg war es gar nicht –, und war immer dabei, wenn über FDJ geredet wurde. Wir in der Schule haben zum Beispiel nie gesagt: Fünfundvierzig war der Zusammenbruch – wie zuhause. Sondern das war die Befreiung. Und das war auch so deutlich und klar, da hatte meine Mutter kaum einen Einfluß. Denn sie war ja bis zu ihrem Tod überzeugt, daß Hitler ein großer Mann war, er hat ein paar Fehler gemacht, aber im großen und ganzen –. Und daß der Führer mir mal die Hand gegeben hat, das hat sie zwar erzählt und wußte, daß ich das gar nicht so toll fand und auch mit einem Lächeln. Aber erzählt hat sie es doch. Und das war eben gut, daß ich da nicht zuhause war.

Und als ich dann den Thomas richtig kennen lernte, der hat sich natürlich kaputt gelacht. Wir haben uns beim Tanzen kennen gelernt, und als ich denn zur Garderobe ging und meinen Mantel holte, den anzog und das Parteiabzeichen da dran war, da kriegte der fast einen Lachanfall, sagt er: Ach, das ist mir überhaupt noch nicht passiert, eine kleine Genossin.

Ich war mit zwei Schwestern von meiner Station tanzen, und das war schon ziemlich spät und wir wollten schon gehn. Wir hatten auch alle drei keinen gefunden, mit dem wir uns verabredet hätten. Und ich saß da alleine am Tisch und wir hatten abgemacht, nach diesem Tanz gehen wir. Und auf einmal kommt einer rein, ach Mensch, woher kenn ich den? Und der bleibt auch stehen und stutzt, guckt mich an, kommt auf mich zu: Wollen wir tanzen? – Ja. – Und auf dem Weg zur Tanzfläche haben wir beide überlegt, woher kennen wir uns. Beim Tanzen auch immer wieder so geguckt. Und auf einmal sagt er: Ich weiß jetzt, woher wir uns kennen. – Ich sag: Ich weiß das noch nicht, wir kennen uns. – Ja, sagt er: im Zug. – Und sofort wußte ich es wieder. Ja, und da sind die beiden denn nachhaus gegangen, und wir sind noch geblieben.

Als AGL-Vorsitzende hatte ich auch die Aufgabe, Stellungnahmen zu schreiben, wenn jemand was Besonderes wollte, mußte also befürworten gegenüber der BGL. Und einmal wollte ich, daß meine Zweitschwester eine Wohnung kriegt. Die stand auf einer Vormerkliste, und da hab ich nun bestätigt, daß sie fachlich gut ist, und bei gesellschaftlich wußte ich nicht, was ich schreiben sollte. Sie hat keine Funktion gehabt und gar nichts. Und da war ich ein bißchen in der Klemme und war auch nicht gut vorbereitet, war auch überfordert. Und da frag ich sie in meiner Naivität, ob sie auch die Zeitung liest. Und hab dann nachher reingeschrieben, daß sie sich täglich informiert über Aktualitäten, also es war sehr dürftig. Und die hat denn auch mal irgendwann später gesagt: Naja, man kriegt eine Wohnung, wenn man immer schön die Zeitung liest. – Also das hätte man mit uns üben sollen, wie sowas auszusehen hat.

Und ich hab also so gut ich konnte, diese AGL-Arbeit gemacht, da ging viel Freizeit auch drauf, und das hat mir son Spaß gemacht, daß ich sogar mal kurz überlegt hab, ob ich das hauptamtlich mache, die Gewerkschaftsarbeit. Die suchten da jemanden. Aber die Arbeit auf Station wollte ich doch nicht aufgeben, und da bin ich da wieder von abgekommen. Und dann hab ich da ja auch viel von der Parteiarbeit gehört, wir haben ja eng zusammen gearbeitet mit der Parteileitung, und dann bin ich auch zum Parteilehrjahr, ohne daß ich in der Partei war. Der Stoff hat mich intressiert, ich hab gemerkt, ich kann hier was vertiefen, was mich immer schon intressiert hat. Und da hab ich eigentlich begriffen irgendwann, daß ich auch Mitglied sein will. In allen Funktionen hab ich ja gesehen, die Partei ist die Kraft, die das hier alles bewegt. Und irgendwann hab ich gedacht: Also du machst hier immer alles und dann kannst du doch auch eintreten. Warum bin ich da eigentlich nicht eher drauf gekommen. – Also es war ein Wachsen, kein aktueller Anlaß, das war so allmählich. Und dann bin ich zur BGL gegangen, wir kannten uns ja alle sehr gut und haben uns auch geduzt, bin hingegangen und hab gesagt: Walter, ich möchte in die Partei eintreten. – Ja, prima, irgendwann mußte das ja mal kommen; dann such dir mal zwei Bürgen.

Und als Thomas da über mein Abzeichen gelacht hat, hab ich das nicht so tragisch genommen. Er hatte immer irgendwelche Vorstellungen, also der Kommunismus ist wohl in Ordnung, aber hier wird er nicht richtig durchgeführt oder irgendwas. Und ich eben die DDR verteidigt habe. Und ich um jeden Menschen gekämpft habe, sozusagen. Mit solchen Menschen war man ja täglich zusammen, die waren nicht reaktionär, aber sie hatten eben keine Lust was zu tun. Und so war Thomas auch.

Naja, und dann hat er mich nachhause gebracht und verabredet und da sind wir eben zusammen geblieben.

Ich hatte ja schon in der Schule bloß immer meine Pioniergruppe im Kopf. Die andern im Internat haben oft am Tisch gesessen und Schularbeiten gemacht, und ich hab an meine Pioniergruppe gedacht. Oder an was, was ich grad gelesen hatte. Und irgendwann schrieb ich nur noch schlechte Arbeiten. Ich mußte die Pioniergruppe abgeben – was haben wir geheult, die Pioniere und ich! –, und meine Mutter mußte hin kommen, und ach, die war so unglücklich. Naja, und dann hab ich sie zum Zug gebracht wieder, und sie hat so geweint, und ich war dann auch wieder fest entschlossen in dem Moment, nun auch wirklich zu lernen, ich wollte es wirklich, aber –. Wenn ich gelernt hatte, dann war es ja auch gut, aber ich hatte andere Sachen im Kopf. Na, und am Jahresende wurden Zeugnisse verteilt, und zwei mußten da bleiben anschließend, und dann sagte unser Klassenlehrer: Ja, Gisela und Irene, ihr müßt das Jahr nochmal machen.

Und das wollte ich nicht. Da noch ein Jahr länger sein? Nee. Und dann bin ich nachhause, und dann war mir das peinlich. Weil ich ja auch wußte, diese Mark zwanzig, die mir meine Mutter jeden Sonnabend als Fahrgeld gegeben hat und fünfzig Pfennig Taschengeld die Woche, die hat sie sich abgeknapst. Es war ja so, mein Vater war ja Nazi, und da gab es keine Unterstützung. Wir mußten also nichts bezahlen für die Schule, aber ich kriegte auch nichts. Und die Frau hat, ob du es glaubst oder nicht, mit zwanzig Mark die Woche uns alle ernährt. Als mein Vater nachher tot war, haben wir das Geld eingenäht im Anzug gefunden, und sie hatte nicht mal ein Nachthemd. – Und sie war natürlich enttäuscht, es war eben alles umsonst, neunte Klasse ist ja kein Abschluß. Aber sie hat das auch kommen sehen und war auch gefaßt und hatte sich schon so ein bißchen umgehört und hat aber nichts gefunden. Im Dorf ist ja nicht viel Möglichkeit, Friseuse oder Verkäuferin oder auf den Acker, wie sie.

Und inzwischen warn es nur noch vier Wochen bis zum ersten September. In der DDR ist es ja so, am ersten September fangen alle Lehren an, alle Schulen, Hochschulen und so. Und bis dahin mußte ich ja nun was gefunden haben, später ist ja schlecht. Und die Nachbarn und alle wußten ja, daß ich sitzen geblieben war und da suche, und eines Tages kommt die eine Nachbarin an mit dem Fahrrad ganz schnell nachhause, hochgestürmt: Irene Irene, willst du nicht Krankenschwester werden? – Ohgott, sag ich: Krankenschwester, was muß man denn da machen? – Na, sagt die Frau: da ist einer aus F. und der wirbt, Alter spielt keine Rolle und Vorbildung nicht, die suchen Leute; aber in einer Stunde fährt der Zug und der fährt wieder zurück und mir fiel ein, du hast ja keine Stelle. Und mach doch das. – Sag ich: Was muß ich denn da machen? – Und da sagt meine Mutter: Na, wie ich euch gekriegt hab, da lag ich im Wochenbett, die Schwestern kommen dann rein und bringen einem das Essen und dann messen sie mal Fieber, auch mal ne Spritze. – Oh, Spritze. – Naja, das lernt man. – Das war eine Minutenentscheidung. Ich sag: Gottja. – Weil: es war ja nischt weiter, war ja keine Auswahl. Ich mich hin gesetzt, Lebenslauf geschrieben, die dem schon Bescheid gesagt, nochmal hergekommen, Zeugnisse alles mit gegeben, die mit dem Fahrrad zum Bahnhof, dem die Sachen durchs Wagenfenster gegeben und der Zug fuhr ab und ich war angemeldet.

Und dann zur Aufnahmeprüfung nach F., F. das hieß Internat, das war ja auch wichtig, weg von zuhaus. Und da hab ich schon in der ersten Viertelstunde die Gisela kennen gelernt, wir saßen da so an einem Tisch. Na, und schriftlich, das fluppte so ganz gut, und dann reingeholt zum mündlichen Gespräch. Man kam einzeln rein und da saßen nun drei Lehrer und die Schulleiterin.

Und dann ging ich da rein, stellte mich vor bei denen, sagte: Guten Tag, ich bin Irene Binz. – Und die: Ja, was du hier geschrieben hast, das ist ja ganz schön. – Hatten die das alles schon nachgeguckt, das war enorm. – Ja, und wie bist du denn so drauf gekommen, Schwester zu werden, wolltest du das immer schon? – Ich: Neeeiin!, offen, naiv wie ich war, ehrlich: Neeeiin! – Also die haben erstmal geguckt. Aber die haben vielleicht gemerkt, daß ich aufgeschlossen bin. Und ich hatte da gar keinen Hintergedanken, was die wohl denken oder so, gar nicht. Und die haben welche abgewiesen auch, grade so junge. – Na, und nun willst du Krankenschwester werden, warum bist du denn von der Oberschule weg. – Ja, sag ich: ich bin –. – Achso, naja, woran hats denn gelegen. – Vor allen Dingen an Mathematik. – Ja, also rechnen mußt du hier auch. – Und ich ganz empört: Aber bestimmt nicht so wie wir da! – Und der lachte so. Und ich: Naja, das werde ich wohl noch können. Auch so eine Mischung von Naivität und Arroganz. Da war ich sechzehn.

Und ich war Schwesternschülerin, und eines Tages hieß es: Stellt euch mal vor, der ganze Fluß schwimmt voll Papieren, und die haben die SED-Parteileitung und alle FDJ-Leitungen und alles geplündert. Und da soll schwer was los sein, die schmeißen da mit Steinen die Fenster ein und wollen die SED absetzen, und die haben die ganzen Akten aus dem Fenster geschmissen. – Ohmann, das kann doch wohl nich –. Entsetzlich! – Und: Was sind denn das für Leute? – Und das war uns klar, daß das schlimm ist und daß das gegen uns ist, wir waren empört. Viele haben natürlich gesagt, die so Mitte dreißig waren: Ist doch klar, daß das mal kommen mußte. – Wir hatten als Junge immer den Konflikt, ob die Älteren nicht doch recht haben, die haben ja schließlich Erfahrung und so, das war oft schwer für uns. – Und die Lehrer waren auch hilflos erstmal, an demselben Tag, wir sind denn zu denen hin: Habt ihr das schon gehört?, wir kamen gut mit denen aus: Das und das –. – Ja, das hab ich auch gehört, geht man jetzt nicht in die Stadt, wer weiß. – Und denn haben wir uns auch nicht hin getraut. Die Schule lag auch so am Stadtrand. Und dann hieß es immer, also totales Chaos, und was wird denn jetzt, in Berlin sollen sie sogar marschieren, die Regierung wollen sie stürzen. Und dann haben manche von uns Westradio gehört, die haben uns dann immer informiert, haben gesagt: Hier die Wahrheit, der RIAS sagt die Wahrheit. RIAS sagt, das System mußte ja mal zusammen brechen, und jetzt ist es aus, und das geht alles nicht so weiter. – Also für uns war das gar nicht zu begreifen. Daß das mal so kommt – bis gestern überhaupt nicht die Vorstellung gehabt! Diese Ahnungen in den Betrieben und in den Leitungen waren ja da, aber davon haben wir ja nichts mit gekriegt. Für uns war das wie ein Gewitter, ganz plötzlich. Und ich hab mir immer so vorgestellt, jetzt schwimmen die Akten da im Fluß, und die haben da reingeschmissen mit Steinen, ist ja furchtbar, wie können die denn das machen, sind die verrückt geworden alle? Aber wir konnten ja nichts tun. Wir haben aufgeregt zusammen gesessen und haben und haben uns ausgemalt, was nun jetzt wird. Naja, und denn sind wir schlafen gegangen, und am nächsten Morgen hat uns denn unser Lehrer gesagt: Also das in Berlin, das beruhigt sich allmählich, und glaubt bloß nicht dem RIAS, das ist übertrieben, und der Westen mischt sich rein. Vieles ist organisiert. – Und haben uns das denn erklärt. Und ich kann mich erinnern, die Älteren haben uns dann ausgelacht. Wir waren nicht so redegewandt wie die Älteren, die hatten dann oft Oberwasser. Und dann langsam die Nachrichten, daß die Regierung Zugeständnisse macht. Ich war siebzehn.

Und ich hab immer die vier Köpfe vor mir, Marx Engels Lenin Stalin, solange ich denken kann. Und wir haben nach Stalin die Vier Grundsätze des Dialektischen Materialismus gelernt, und die kann ich auch immer noch, das hab ich eben auch sehr gerne gemacht. Und eines Tages wurde uns gesagt: Also Stalin, der hat uns alle enttäuscht. – Irgendjemand hat uns das gesagt, daß man jetzt hinterher, da war er ja schon tot, erst gemerkt hat und analysiert, daß er doch einen Personenkult gemacht hat, daß er seine Führungsposition ausgenutzt hat. Und daß er tatsächlich auch Leute aus der Partei ausgesondert hat zu Unrecht. Obwohl, das hat man auch gesagt, im Krieg hat er sich groß verdient gemacht. Aber dieses absolute Herrschenwollen, das ist eigentlich jetzt erst richtig klar geworden. – So. – Und da war ich unheimlich enttäuscht. Ich konnte mir das nicht vorstellen. Ein Mensch, der mir den Dialektischen Materialismus beibringt, daß der so versagt haben soll, das hab ich nicht geglaubt. Und ich war ja noch nicht in der Partei, ich wußte auch gar nichts Näheres. Und da hab ich gedacht: Ich weiß nicht; und das ist doch mit Ulbricht jetzt genauso. Die Beispiele, die die uns sagen, das ist doch hier genau das gleiche mit Ulbricht, der Allerbeste, und unser Größter, was heißt hier Personenkult. Und da haben wir uns auch auf Station drüber unterhalten, das war Gesprächsstoff. Und ich konnte das lange nicht verkraften, daß dieser Kopf da auf einmal verschwunden war von den ganzen Transparenten. Hab ich gedacht: Was hat der Mann gemacht, daß die den so verdammen. – Da war ich zwanzig.

Und mit der Gisela saß ich dann immer noch zusammen, als wir Lehrausbilder wurden. Wir warn da vier Leute in einem Büro, für unsere Schule. Und das war die Gisela, und Barbara und Marlies. Und ich.

Und die Barbara hatte immer Ärger mit ihrem Mann, die ließ sich grade scheiden, und erzählte uns immer alles; alle mußten das nun hören, was da war. Wenn die ein Problem hatte, das wußte immer die halbe Stadt. Aber dadurch war sies dann vielleicht auch los.

Na, und wir vier, wir haben immer so zusammen gehalten. Und die Gisela hat dann wieder bei ihrer Mutter gewohnt. Die wohnt heute noch mit ihrer Mutter zusammen.

Und die hat immer gesagt: Irene, du bist verrückt. – Weißt du, was die mit mir gemacht hat? Da hat die mich eingeschlossen! Wir haben Abendbrot gegessen und uns was erzählt, und ich hab ihr erzählt von Thomas, und daß der verheiratet ist, und seine Frau weiß es auch irgendwie, mit mir, und ach, es war alles auch irgendwie schwierig. Und da hab ich gesagt: Ja, und damit du es weißt, ich bin heute verabredet. – Die war nämlich immer gegen sowas, die Gisela. Und sie aufgesprungen, an die Tür, zugeschlossen, Schlüssel versteckt, hat mich nicht rausgelassen! Ich hab gebettelt, ich hab bald auf den Knien gelegen vor ihr: Mensch, der wartet, ich muß dahin, bist du verrückt. – Wütend geworden! Wir haben uns angeschrien. Die hat mich nicht raus gelassen. – Also Irene nein, du hast eine leichte Ader, ich merke das, ich habe das schon in F. gemerkt, du bist nicht so wie ich. – Ich sage: Nein, so will ich auch nicht sein. – Nein Irene, das nimmt sein schlimmes Ende mit dir. – Wir haben da richtig gerangelt und gekämpft auch. Ich konnte doch nicht die Tür eintreten. Ich hab mir gedacht: Na da hast du dir ja was eingehandelt.

Ja, mit der Gisela hab ich mich immer so am besten verstanden.

Und irgendwann hat der Thomas dann erzählt, daß er die Scheidung eingereicht hat. Das war aber nicht meinetwegen, sondern er wollte das vorher schon. Ich kenne die Zusammenhänge da nicht, jedenfalls wollte ich also da was Festes mit ihm. Und ich habe seine Freunde kennen gelernt, und er meine, Erika zum Beispiel, wir haben also viel zusammen gemacht.

Und Erika ist auch so ausgenutzt worden in ihrem Leben von ihren Männern. Und immer wieder rappelt die sich hoch, und: Irene, das kriegen wir in den Griff. – Die wird nie aufhören, andern Leuten zu helfen, die längst nicht so beschissen dran sind wie sie – aber das sieht sie gar nicht so, sie nimmt jeden ernst und zieht ihn wieder aus dem Schlamm. Das ist schade, daß die politisch nicht gebildet ist. Obwohl, sie ist Aktivist. Aber ich möchte wetten, was Dialektischer Materialismus ist, das weiß sie nicht. Aber sie hat dafür gesorgt, daß in ihrem Betrieb, sie ist mittlerweile Betriebsschwester bei der Zeitung, daß da die Vorsorgeuntersuchung besser läuft. Hat sie sich ausgedacht. Aber sie wird dir nie sagen, daß das Politik ist, wird immer nur sagen: Ich muß doch zusehen, daß ich was tue. – Und sie merkt gar nicht, daß sie Gesellschaftspolitik macht. Daß wir solche Menschen brauchen.

Und wir kannten uns ein Vierteljahr, da kam Thomas eines Tages total aufgeregt an im Schwesternhaus, wo ich wohnte – ich spielte grade Akkordeon, was er überhaupt nicht leiden konnte! –, und da hat er mir erzählt, da wäre die Silke gekommen und behauptet, sie kriegt ein Kind von ihm, und: Das darf nicht wahr sein, das glaube ich nicht, und das gibts doch nicht. – Und so habe ich von Silke erfahren, daß er die kennen gelernt hat und die war so schön braun gebrannt, da hat er sich so hinreißen lassen, er fand die so schick. Und hat mit ihr geschlafen nach dem Tanzen gleich und da ist es sofort passiert. Und ich hab dann gefragt: Wann warst du denn tanzen? – Ach naja Mensch, das war nichts, und ich will auch nicht, und jetzt kommt die auf einmal an. Und er immer: Vielleicht hat sie ja noch einen andern, vielleicht war ich das ja gar nicht. – Und sie blieb aber immer dabei, auch später, sie hätte zu der Zeit nur den Thomas gehabt. Und Petra sieht ihm ja auch wirklich ähnlich jetzt. Naja, da war er also ziemlich kaputt.

Wir haben gerne rumgealbert. Haben uns eine eigene Sprache erfunden. Saßen uns gegenüber und einer sagte: Rappipaladi. – Oder daß wir so gehüpft sind, oder wir sind gerannt über die Straße, und wir warn ja immerhin schon Mitte Ende zwanzig. Er hatte immer son Blödsinn im Kopf, so wie ich eben auch. Abends um neun noch sagen: Wolln wir nach Graubrücken fahrn?, nichts Großes, aber, plötzlich ne Idee kriegen und machen. Und er hat gerne gelacht. Über nischt, über alles konnten wir uns kaputt lachen. Da hat einer den andern übertroffen. Oder beim Tanzen irgendwas Verrücktes. Was man eigentlich nicht macht. Na wie Verliebte eben.

Und ich wollte doch so gern ein Kind von ihm, und wir hatten auch darüber gesprochen, und er sagte: Das ist doch bloß ein blöder Zufall mit der Silke, und wenn ich Kinder haben will, dann doch von dir. – Und das war so ein Dämpfer auf unser Verhältnis. Wir konnten gar nicht mehr so glücklich sein. So hilflos war man. Es lastete auf uns beiden.

Einmal war ich mit Thomas und Alwin und dessen Freundin im »Bukarest« zum Tanzen. Und da kommt eine Frau auch mit einem Mann an den Tisch und begrüßte alle und streckte auch mir die Hand hin, und da sagte mein lieber Thomas: Das ist meine Frau mit ihrem Freund. – Und zu ihr sagte er: Und das ist meine Freundin Irene. – Und da hab ich so gedacht: Die Ehe ist also wirklich keine Ehe, wie man sie sich eigentlich vorstellt. Und sie hat aber nicht in die Scheidung eingewilligt ganz lange.

Ich hatte manchmal auch Minuten, wo ich dachte, die flunkern mir was vor mit der angeblichen Scheidung, und ich fall da andauernd drauf rein. Aber seine Freunde sagten immer, daß das auch stimmt. Und es stimmte wohl auch. – Und da hatte ich sie nun getroffen und hatte dann auch kein schlechtes Gewissen mehr ihr gegenüber. Und die blieb dann auch nicht an unserem Tisch, die ging dann weg mit ihrem Freund, und Thomas und Alwin machten sich denn auch irgendwie lustig über sie. – Jetzt war sie bestimmt froh, daß sie ihren Macker dabei hatte – und so. Und der Alwin war ja auch mit seiner Freundin da, obwohl er verheiratet war.

Ich hab auch mal mit gekriegt, daß beide von ihren Frauen nicht allzuviel hielten. Da fielen auch schon so Bemerkungen, daß Frauen eben für das eine gut sind und dann ist es eben gut, wenn man was Festes hat oder so. Aber das hört man andauernd, also daß ich deswegen –. Und such mal jemand, der die Einstellung nicht hat. Da macht man eben Kompromisse.

Thomas hatte ein Briefmarkengeschäft in Graubrücken und ist da jeden Tag von M. mit der Straßenbahn hin. Und wenn ich frei hatte, bin ich denn auch hin und hab mit verkauft, so wenn Kinder kamen und wollten irgendwas, das war ja leicht, die Preise standen immer dran. Und da war immer wenig Kundschaft, der hat nicht viel umgesetzt. – Und einmal war ich auch da und da guckt er so aus dem Fenster und sagt: Ohgott, da kommt die Silke. – Ich nach hinten ins Hinterzimmer, das hatte kein Fenster, da stand nur ein Bett drin – das Bett! – und ein Schrank. Und da war er ganz aufgeregt. Und da hab ich sie das erste Mal gesehen, ich hab dann so geguckt. Eine schmucke Frau, dunkler Typ, irgendwie ganz anders als ich, und das konnte ich schon verstehen. Ich war ja auch nicht ohne, ich hatte ja auch schon viele Freunde gehabt. – Na, und da konnte ich aber nicht hören, was genau sie wollte. Er hat mir hinterher gesagt, sie hat ihm wieder vorgejammert, daß sie alleine ist, und er hat ihr dann gesagt: Also ich habe eine Freundin und ich kann nicht mit dir und verheiratet bin ich auch noch. – Und wenn sie in Not ist, das hat er ihr angeboten, sie könnte immer kommen, aber er kann nicht mit ihr auch noch gehen sozusagen. Und da war sie bestimmt unglücklich. Und sie war dann weg und er kam nach hinten und sagte: Ohmann, das macht mich alles verrückt. – Der Mann hatte drei Frauen am Hals, das mußt du dir mal vorstellen.

Eines hat mich mal ziemlich erschreckt. Da ist eine alte Frau gekommen, so siebzig vielleicht, eine kleine alte Frau, und hat gesagt: Sagen Sie mal, ich hab auf dem Boden hier Briefmarken gefunden und können sie mir mal sagen, ob die was wert sind. – Und da hat er so durchgeblättert und hat gesagt: Achgott, ja das ist schon was, aber sehr viel nicht. – Und da sagt sie: Ja, was würden Sie denn so dafür geben? – Achgott, sagt er, und blättert immer so durch, und da denke ich: Naja, wird wohl so die übliche Briefmarkensammlung sein. Und er hat ihr dann hundert Mark gegeben. Und die Frau zog glücklich damit ab. Und die war kaum draußen, da sagt er: Mann Mann, – und drückt mich so, sagt: Mann, das war ein Fund, für tausend Mark mindestens werde ich das los. – Ach, sag ich: das kannst du doch nicht machen. – Wieso, das ist Geschäft, daran mußt du dich gewöhnen, das ist nun mal Geschäft. – Und das hat mich mehr getroffen als das mit dem Parteiabzeichen, glaube ich.

Wir haben uns Sachen gesagt, die ich vorher und sehr lange nachher keinem gesagt hab. Daß ich am liebsten immer mit ihm zusammen sein möchte. Oder daß ich ein Kind haben möchte von ihm. Irgendwie hat der Mann mich gefesselt, wir paßten einfach in der Art so zusammen, wir waren beide so Optimisten, wir waren so lebensbejahend. Wir fanden das so toll, daß wir leben und daß wir uns getroffen haben.

Mir fällt ein, daß wir einfach da stehen und uns angucken und das Gefühl hatten, wir gehören zusammen. Daß man einfach das Gefühl hat, wir leben. – Wie schwer das ist, sowas zu beschreiben.

Auch im Bett haben wir uns gut verstanden, das macht natürlich auch viel aus. Da war er auch nicht der Allertollste, also ich war schon glücklich mit ihm, aber damals konnte ich das auch noch nicht so vergleichen.

Und ich hatte irgendwie dieses Gefühl an diesem einen besonderen Tag. Mir war so komisch, wie so ein Ansatz von Übelsein, so ein bißchen schwindelig. Ich hatte das Gefühl, gestern abend, das hat geklappt, hab gedacht: Das hab ich ja überhaupt noch nie gehabt, dieses Gefühl. – Und dann, ein paar Tage später, hätte ich eigentlich meine Regel kriegen müssen.

Und jeden Tag gedacht, hoffentlich kommt sie nun nicht, jetzt bin ich da schon so drauf eingestellt. Und Thomas auch immer: Achja, klar, deine Regel war immer so regelmäßig, die ist jetzt weg. – Und dann bin ich zum Arzt gegangen bei uns, ich kannte die ja alle, und sage zu der Sprechstundenhilfe: Ich glaube, ich bin schwanger, können Sie mich mal untersuchen? – Ja, gut. – Und ich auf den Stuhl gekrabbelt, und dann hat er mich untersucht, und ich wirkte wohl so ein bißchen ernst – ich war eben gespannt. Und der wußte ja, daß ich nicht verheiratet bin, jedenfalls setze ich mich an seinen Schreibtisch und er sagt so mitleidig: Ja, Schwester Irene, da war der Klapperstorch dabei. – Und ich begeistert: Ja, dritter siebter sechzig. – Da guckt er mich an, sagt: Was, das haben Sie schon ausgerechnet. – Ich sag: Naklar! – Ja, weshalb sind Sie denn dann noch gekommen? – Ich mußte es ganz genau wissen!, ich hab mich gefreut!, ich zu der Schwester hin, zu der Hilfe, und: Stellen Sie sich mal vor, jetzt krieg ich tatsächlich ein Kind! – Und da haben die mich auch so angestrahlt, also die müssen sich da bestimmt auch schlimme Sachen anhörn manchmal, und die beiden haben sich da jetzt so richtig mitgefreut. Also das war toll. Und ich nach Graubrücken, und Thomas mich in den Arm genommen, ach, wir waren so drin in unserm Glück, wir haben immer gesagt: Es kann uns nichts umhaun, nichts, nichts.

Und dann sagte er: Ich überleb es nicht, zwei Kinder in einem Jahr, das ist ja makaber. – Ich meine, wir waren ja beide lustige Typen, wir ähneln uns da sehr, und wir haben dann auch so eine Stimmung gefunden, daß er denn gesagt hat: Ach ich bin ein fruchtbarer Mensch. – Es gab auch Zeiten, da haben wir geheult. Naja, was sollst du machen?

Ich war ja Stationsschwester, und wir hatten auf Station eine Schwangere, und da haben wir schon überlegt, wie wir das denn machen, wenn die in Schwangerschaftsurlaub geht. Und dann wußte ich, daß ich auch ein Kind kriege, aber ich wollte den Tag abwarten, wenn ich den Mutterpaß habe und den dann stolz vorzeigen, und hab also vorher noch nicht drüber gesprochen. Und ich weiß, wir haben eine Badewanne sauber gemacht, nachdem da eine Patientin gebadet hatte, und die eine Schwester, die sagte da auf einmal zu mir: Ach, Schwester Irene, ich trau mich gar nicht anzufangen, ich muß Ihnen was sagen. – Und: Ja was denn, wollen Sie etwa aufhören?, weil wir schon so wenig Leute waren. Sagt sie: Nee nee, aber ich kriege auch ein Kind. – Ich sage: Nein, das darf doch wohl nicht wahr sein! – und da mußte ich lachen, ich konnte nicht mehr, ich hab mich auf den Wannenrand gesetzt und gelacht. – Wissen Sie was, hab ich gesagt: ich kriege auch ein Kind. – Wir haben uns angeguckt, das war so witzig, wir konnten uns nicht mehr einkriegen. Und dann hat sich das rum gesprochen, dann hatten wir alle den Paß auch, die Bäuche wurden immer dicker, wir liefen da rum, aber wir waren alle drei auch glücklich.

Und ich bin bis zuletzt im Schwesternheim zwei Stufen auf einmal hoch und runter. Ich habe Polka getanzt mit meinem dicken Bauch, wir hatten da irgendein Fest, die haben immer alle gesagt: Ihre Schwangerschaft ist ja sagenhaft. – Und der eine Pfleger, wenn ich den getroffen habe, dann hat der immer gesagt: Schwester Irene, Sie müßten laufend schwanger sein, das macht Sie so schön. – Also ich war eben glücklich, ich glaube schon, das macht was aus.

Ich bin nachmittags um zwei in den Kreißsaal gekommen, da waren drei Betten, und nach mir sind die beiden andern Betten belegt worden und die waren vor mir fertig. Also das war blöd. Da hörst du das Kind schreien und denkst: Ohmann, hättest du es doch endlich. Ich lag da Stunde um Stunde, zwischendurch hat es immer unheimlich weh getan, immer stärker eben auch, na ich dachte, irgendwann ist es ja zuende und ist gut. Und dann zwischendurch immer: Ja Herr K. hat angerufen, schönen Gruß. – Na, dacht ich, der wartet auch. Und dann bis abends, einundzwanzig Uhr siebenundvierzig. Haben sich irgendwann mit mir beschäftigt da, haben ein bißchen auf den Bauch gedrückt, ein bißchen nach geholfen, mir nochmal die Atemtechnik erklärt und auch nach gedrückt und mir so zugeredet und irgendwie wußte ich, jetzt ist es also gut. Und dann kam so eine heftige Preßwehe und dann noch zweimal und dann merkte ich, der Kopf war durch, das war so der stärkste Teil, das hat ein bißchen weh getan, aber in dem Moment war ja, der Rest schlüpft denn irgendwie raus, das merkst du überhaupt nicht mehr.

Und denn hab ich geguckt, das Kind war da und es war alles dran und der Bauch war weg und das warn alles so zig Sachen auf einmal und alle standen denn da so und ich, ich war froh. Und dann hab ich das in den Arm gekriegt, das war ein tolles Gefühl, da hast du so ein ganz kleines Kind im Arm, das ist –.

Er hat mich einmal nachhause geschickt, da war ich hochschwanger. Hat gesagt: Du, ich hab noch ne Verabredung. – Und ich dachte erst, mit einem Freund oder Geschäftsmann oder so. Und er druckste so rum und sagte: Nein, ich hab da gestern, ach ich möchte da mal hin gehn, ach Mensch! – Thomas war so ehrlich, hat mir das auch noch gesagt. Ich sag: Mann, muß das sein? – Ach, das bedeutet bestimmt nichts, aber die fand ich so niedlich und ich hab mich mit der verabredet. – Ja, da bin ich hochschwanger nachhause gefahren. Da war ich ganz schön bedrippelt, du.

Er hat gesagt, er liebt mich unwahrscheinlich, aber er kann sich nicht so zusammen nehmen, er ist so ein bißchen leicht und er kann eben nicht nur so mit einer zusammen sein. Er hat mir gesagt, daß er da hin gehen muß. Und er wußte genau, daß er mir damit weh tut. Und er fand sich selber auch nicht toll. Und ich hab gedacht: Laß ihn sich austoben, er liebt mich ja, er wird schon zu mir immer wieder zurück kommen. Und ich wußte ja, wir freuen uns unheimlich auf das Kind, und das war für mich das Wichtigste. – Und ich wußte ja auch, wie das ist, ich war ja auch nicht anders gewesen, davor. Ich bin auch mit gebundenen Leuten ins Bett gegangen.

Und ich hatte immer so die Zukunft vor Augen. Daß das mal vorbei sein wird, und ich bin immer für ihn da.

Er war immer ehrlich. Verletzend ehrlich. Ich hab ihn mal gefragt, ob seine Frau überhaupt weiß, daß ich ein Kind habe und daß Silke eins hat. Da hat er gesagt: Ja ob sie das glaubt, das ist ihre Sache. Ich hab zu ihr gesagt, ich hab kein Geld, ich hab schließlich zwei Kinder zu ernähren. Da hat sie gelacht. –

Und eine Familie waren wir ja nicht. Er kam mich immer nur besuchen. Einen Tag vor meiner Entlassung aus dem Krankenhaus hat er mich besucht und gesagt: Du, ich fahre eine Woche nach Westdeutschland. Ich hab da auf meiner Hochzeit eine kennen gelernt, die war da noch hier, die Sonja, und jetzt schickt sie mir einen Brief und lädt mich ein, und ich will da mal hin, die fand ich so nett. – Da war ich natürlich nicht grade begeistert von, daß er nun auch noch deswegen nach Westdeutschland fährt. Und ich seh noch so mich auf der Treppe stehen und sagen: Komm aber wieder. – Hat er mich so angeguckt: Türlich komm ich wieder.

Und er kam zurück, ich hatte noch Schwangerschaftsurlaub, und hab gefragt, wie es gewesen ist, und war sehr aufgeregt dabei, frage: Wie war es denn da nun drüben? – Ach, sagt er: Es war weiter nichts. – Und da hab ich gedacht, wenn ich jetzt noch weiter bohre, fährt er mich entweder an und sagt: Das geht dich gar nichts an; oder er flunkert mir was vor, oder er sagt mir die Wahrheit und das tut mir vielleicht noch mehr weh. Irgendwie hab ich gedacht: Ach laß es sein. Und er war ja wieder gekommen.

Und ich hatte dann manchmal schon das Gefühl, er könnte eigentlich mal wieder mich besuchen kommen. Und dann hat er immer erzählt, daß er von zuhause nicht weg kommt. Er wohnte ja bei seiner Frau.

Und ich hatte noch gar nicht lange gearbeitet nach der Schwangerschaft, da kam er eines Tages an und sagte: Du, mich muß jemand verpfiffen haben, ich habe einen Hinweis gekriegt, die wollen mich verhaften. Die machen Steuerprüfung und sind grad bei den Briefmarkengeschäften und ich muß damit rechnen. Hast du Zeit, mit in den Laden zu kommen, ich möchte ein bißchen aufräumen. – Ich konnte das überhaupt nicht kapieren, was eigentlich los ist. Und ich wagte gar nicht auszusprechen, was das jetzt bedeuten sollte. Und wir sind in seinen Laden gefahren, und er hat die guten, wertvollen Briefmarken in einen Koffer getan, und ein paar persönliche Sachen aus dem Schubfach, viel hatte er da ja nicht, und dann haben wir uns auf der Straße irgendwo verabschiedet. Hat gesagt: Du ich hab wenig Zeit, ich muß heute abend noch sehen, daß ich die Marken unter kriege. Diese Marken hier geb ich dir, – da hat er mir so ein paar Alben gegeben – und grüß unseren Sohn schön. Und ich lasse von mir hören und ihr kommt denn nach. – Und ist sehr schnell weg gegangen.

Und soweit kannte ich ihn, ich wußte, wichtige Sachen macht er sehr kurz. Und ich stand dann da mit meinen Alben und dachte: Vielleicht stimmt das alles gar nicht, hab ich denn das richtig kapiert?

Wir hatten gar keine Zeit gehabt, uns irgendwo hin zu setzen, das warn ein paar Stunden, und dann mit dem Zug fahren und Sachen packen, sonst nichts. Er war auch ziemlich aufgeregt und sagte immer: Ich glaube das, was die da sagen. – Weil ich immer gesagt hab: Und wenn das gar nicht stimmt. – Und da sagt er: Das kann ja sein, aber ich bin dran, und die Bücher sind wirklich nicht in Ordnung, die sperren mich ein. – Und da wäre er so und so weg gewesen, gut, das ist richtig.

Und dann bin ich nachhause und konnte gar nicht einschlafen und hab mir immer vorgestellt, was der jetzt macht und wie das geht und von wem wird er sich denn noch verabschieden. Und am nächsten Tag auf Arbeit war ich denn ganz schön still.

Ellen Schernikau in dem Sketch »Ein US-Amerikaner zu Besuch in der DDR«, aufgeführt vom Betriebskabarett der Medizinischen Akademie Magdeburg »Die Aesculapgeister«, etwa 1962

3

Also das ging immer so: Hast du schon gehört, der ist weg.
– Was, abgehauen?
– Ja.

So war der Anfang. Irgendeiner hatte das mitgekriegt. Und manchmal dann Einzelheiten. Der eine Arzt zum Beispiel, der wohnte im Krankenhaus, und den wollten sie gehört haben, wie er immer gehämmert hat. Und gewundert hatte man sich, daß er so ein kleines OP-Programm nur angesetzt hat. Und am nächsten Tag war er weg. Da hatte er also Kisten gepackt. Also mir fallen da ein paar Leute ein. Manchmal konnte man das gar nicht verstehen: Mensch, der hatte doch hier alles. Und manchmal hat man das eben so – naja ist eben weg – einfach hingenommen.

Und wir habens eben dadurch auch öfter erfahren, daß wieder jemand ne neue Wohnung kriegte, oder daß es hieß, da ist eine Versteigerung, da ist jemand abgehauen und da werden Möbel versteigert. Also insgesamt, es gehörte zum Geschehen. Das Schlimme eben war, daß immer mehr eine Ausbildung schon hatten.

Und das Eigenartige ist eigentlich, daß wir immer nur privat darüber gesprochen haben. Wir wußten, im Westen gibt es mehr Geld und das reizt wohl die Leute. Und wir wußten, die Ärzte können sich eine Privatpraxis einrichten und daß das für die wohl der Grund ist. Und dann gabs im Kollegenkreis natürlich oft die Meinung: Ach hör doch auf mit Politik, also ich kann das nicht mehr hören. Am liebsten in ein Land, wo da keine Politik gemacht wird. – Aber daß wir so richtig drauf reagiert hätten.

Eine Karte hat er geschrieben, nur eine Karte. Die hat er auch noch auf Station geschickt, da stand drauf: Liebe Irene, es hat alles geklappt, ich bin hier angekommen, und ich melde mich wieder. Gruß Thomas. – Und ich hatte das noch gar nicht erzählt, ich hab mich so geschämt, ich hab nichts gesagt, sie haben ja gefragt, ich war ja anders. Und dann diese Karte. So nach zwei drei Wochen. Und die haben mich angeguckt. Die haben die doch gelesen.

Und immer die Frage, was ist los gewesen. Mußte er wirklich. Was macht er da jetzt. Was mache ich.

Und dann hingefahren. Wir haben uns getroffen in Westberlin. Und ich war aufgeregt. Und er hat gemerkt, ich habe Zweifel, und er war auch ehrlich, das war schön. Hat also offen gesagt: Du, ihr könnt jetzt nicht kommen, ich hab nur ein Hinterzimmer im Laden. – Er hat da eben wieder ein Briefmarkengeschäft aufgemacht und da hinter war nur ein fensterloser Raum, wo er gewohnt hat. Wie in Graubrücken. Und: So einfach ist das da nicht mit Wohnung kriegen.

Wir haben zwei Tage lang nur im Bett gelegen. Und ich mußte immer erzählen. Wer was gemacht hat, wie es uns geht, und er kannte ja alle. Das war so ruhig und ganz einig, und wir haben gelegen und er hat gesagt: Red weiter. Er war zuhause jetzt.

Und als ich zurück war, hab ich immer gedacht: Ich muß Abstand haben. Mal sehn, wie oft er sich meldet, und ob er wirklich sagt: Komm hierher, ich brauche euch. – Und er hätte ja auch sagen können: Komm wir fahren morgen. Hätte er ja sagen können. Aber das wäre auch zu ungewiß gewesen, mit so einem kleinen Kind. Manchmal hatte ich das Gefühl, er ist vielleicht ganz froh, daß er die Verantwortung los ist jetzt. Er war nicht energisch genug, sich scheiden zu lassen, hab ich mir immer überlegt, und wer weiß.

Und so konkret den Wunsch, jetzt loszufahren hinterher, den hab ich überhaupt nicht gehabt. Ich hab mir nur eben ausgemalt, wie das Leben wohl wäre mit ihm zusammen. Und er war ja auch noch gar nicht geschieden. Also ich wollte einfach abwarten, wie sich das so entwickelt.

Ich hab immer gedacht: Was mache ich, wenn er mir schreibt, ich hab eine Wohnung. Da hab ich oft drüber nachgedacht. Was dann wird. Ich wußte, als ich ihn da getroffen hatte, es ist ihm ernst und er will uns haben. Und ich hab gedacht: Machst du das nun wirklich. Ich wollte gerne. Aber ich wollte zu Thomas K., ich wollte nicht in die BRD. Und ich habs dann weggeschoben. Ich hab so oft dran gedacht in der Zeit, und es war ganz ausweglos. Ich wußte einfach nicht, wie ich mich entscheide im Ernstfall.

Grundsätzlich war klar, daß ich nicht gehe. Ich hätte es ja tun können. Aber ich hab eben gedacht, wie wird das weiter gehn. Lohnt es sich. Lohnt es sich rüber zu gehn, muß ich nicht hier bleiben, muß ich nicht da hin. Lohnt es sich überhaupt, da drüber nachzudenken. Es war ja immer nur ein theoretisches Durchspielen. Es ist ja nie konkret geworden.

Ich hab mir nie vorgestellt, da zu leben, eine Wohnung zu haben, zu arbeiten dort. Das wollte ich mir auch nicht vorstellen, hatte ich gar keine Veranlassung dazu. Ich konnte es mir auch überhaupt nicht vorstellen.

Und ich wache sonntags auf und es kommt in den Nachrichten. Und ich wußte nicht, soll ich mich freuen oder soll ich heulen oder erleichtert sein oder total verzweifeln, es war alles zusammen, alles zusammen. Ich war so erschrokken. Und ich weiß, daß ich irgendwo auch dachte: Das haben andere nun gelöst, das Problem.

Eugen!, es ist Sonntag Morgen um zehn und du wachst auf und stellst das Radio an und die sagen dir: Es ist zu. – Und die sagen natürlich, und das weißt du ja auch, wir haben uns gewehrt. Gut. Alles klar. Aber denkst du, das hab ich im Moment so begriffen? Dieses Sachliche, das kam erst nach und nach. Zuerst hatte ich nur Gefühle. Und mein persönliches Problem ist eben jetzt weg für mich. Ich weiß, daß ich den Sonntag viel einfach nur rumgesessen habe und nur dich eben versorgt. Du warst ein Jahr.

Und Stillen ist so schön. Man ist so eins, wie ein Körperteil das Kind. So ein wohliges Gefühl, weil dieses Nuckeln ist ja auch schön, und dann das Gefühl, du machst jetzt was für dieses Würmchen und das ist so hilflos, ich bin jetzt da, damit das trinken kann, das ist alles so, so ein ganz einmaliges Gefühl, so harmonisch und zufrieden. Und wenn du so getrunken hattest, dann merkte ich, je satter zu wurdest, desto schlaffer wurden dann die Bewegungen.

Ich hab mich denn immer bei dir ausgeheult, wenn ich dich hatte.

Ich hab dich immer Wochenende nachhaus geholt alle vierzehn Tage nur. Und du warst vier Monate ungefähr, und ich sehe zuhause, du hast zwei Zähne. Und vier Monate, das ist sehr früh. Oh ich denk: Das gibts doch nicht, und ich hab das gar nicht gleich gemerkt, erst am zweiten Tag dann. Und Montag, wie ich dich denn zurück gebracht hab: Stellen Sie sich mal vor, er hat zwei Zähne. – Da sagt die Betreuerin ganz trocken: Die hat er schon lange. Ohnein, hätte diese blöde Kuh nicht sagen können, achja niedlich, oder so? Hätte die mich nicht in dem Glauben lassen können, daß ich die entdeckt hab? Für die war das eine nüchterne Sache, ein Kind kriegt irgendwann Zähne und dann hat er Zähne, fertig. Aber für mich war das doch ein Ereignis. Und ich bin da um die Ecke auf Station, es war die Betriebskrippe, und da hab ich geheult, verdammte Scheiße hab ich gedacht, ich hab das nun mal entdeckt.

Und es ging ja alles nicht anders. Irgendwoher mußte das Geld ja kommen. Aber ich hab oft ein schlechtes Gewissen gehabt und wollte vielleicht da später immer irgendwas wieder gut machen. Dabei wußte ich, daß es gut ist, wenn ein Kind nicht bloß mit der Mutter zusammen ist. Aber ich –.

Und die Leute wußten, Thomas ist drüben, und ich sah sie und erzählte, und die Gesichter waren immer so, als wenn sie am liebsten gesagt hätten: Scheiße, was? – Also das mußte man erstmal verkraften. Und einige dann bedauernd: Ja wie machst du das nun, daß du auch hinkommst. – Und andere: Wie wirst du jetzt damit fertig, hier? – Die eben gar nicht den Gedanken hatten, daß ich weg will.

Die eine Genossin, die hat immer gesagt: Irene mach dich nicht verrückt, Papier ist geduldig, was der alles schreibt, glaub das nicht. – So. Und: Häng dich nicht an den, du bist jung und findest einen. Mach dein Leben nicht kaputt und trauere dem nicht nach. –

Und egal, wie die andern reagiert haben, hab ich im Innern gedacht: Mensch hundertprozentig könnt ihr mich ja doch nicht verstehn.

Wo ich mich noch nicht mal selbst verstanden hab.

Und Oma hatte mir so einen klobigen Kinderwagen geschenkt, die wollte mich überraschen, und ich hab schon vom Fenster aus gesehen, der paßt in keine Straßenbahn. Und ich hab dich geschleppt. Jeden Tag auf dem Arm hin zur Straßenbahn, von der Straßenbahn zur Krippe oder dann zum Kindergarten, und zurück auch wieder.

Sie haben mir ja immer Platz gemacht, und du hast immer gerufen: Latz! Latz! – bis einer aufgestanden ist.

Und du hast immer aufgepaßt, ob sie bezahlen. Hast gesagt: Guckmal Mutti, der hat gar kein Geld reingesteckt. – Da hat manch einer ne rote Birne gekriegt. Hast du aufgepaßt.

Wir hatten auch eine Straßenbahnszene in der Kabarettgruppe. Wir waren acht oder neun Leute, eine Sekretärin, zwei Kulturfunktionäre, zwei Schülerinnen, eine Laborantin, eine vom Sport und ich als Krankenschwester später Lehrausbilderin. Und mit der Straßenbahn, ich weiß gar nicht mehr, was das war, jedenfalls haben wir dolle geübt, daß wir alle zusammen nach links uns gewiegt haben, so Kurve ja?, und geschimpft und geknufft. Es ging irgendwie um morgens, den Arbeitsweg.

Oder wir haben Lieder gemacht, ganz aktuell. Sind durch Lokale auch, haben Agitation gemacht. Obwohl wir ja eigentlich nur fürs Krankenhaus warn. – Und dann haben wir gemacht: Die Reihenuntersuchung. Im Krankenhaus ist es doch so, du mußt dich zur Einstellung untersuchen lassen und dann immer regelmäßig, in den meisten Berufen. Und die Leute mokierten sich manchmal, das ging meistens so zackzack, bist gesund kannst arbeiten. Und wir haben das so gemacht: Es treffen sich auf der Bühne da ein paar Leute, und es war ersichtlich, daß das ein Bahnsteig ist, es kamen immer so Durchsagen. Ja, und es wurden immer mehr: Ja, wo willst du denn hin.

– Ja, ich bin hierher bestellt.

– Ja ich auch. Ach und da kommt ja auch die Gisela. Gisela, wo willst du denn hin.

– Ja, ich bin hierher bestellt. Hier soll eine Reihenuntersuchung sein.

– Ja komisch, wir auch, ne Reihenuntersuchung hier?

Und da kamen dann schon die ersten Lacher. Und auf einmal eine Stimme durch Lautsprecher: Meine Damen und Herren, die Bestellten zur Reihenuntersuchung stellen sich bitte in eine Reihe. – Und wir uns dann hin gestellt, eh wir das dann so hatten, der Größe nach, so ausgespielt. – Haben Sie sich jetzt formiert. – Na, wir standen denn da so, Beine nochmal ausgerichtet, da kannste ja viel machen. Und wieder die Stimme: Meine Damen und Herren, in wenigen Sekunden wird der Arzt hier vorbei fahren, der die Untersuchung durchführt. Und wir: Was? Steigt der dann aus? Macht er das hier? – Und alle so ein bißchen durcheinander. Und die unten lachten schon. Und: Bitte wenden Sie sich jetzt nach links und zeigen Sie Ihre Zunge. – Wir das alle gemacht. Dann hörte man so ein Zuggeräusch, das wurde immer lauter, wir hatten das geübt, haben uns also einen Punkt gedacht und dem nach geguckt, und zack war der Zug wieder weg. Und: Achtung Achtung, die Reihenuntersuchung ist beendet. – Und wir uns doof angeguckt, ist ja unerhört!, unter Schimpfen und Klatschen sind wir dann weg.

Du hast nie richtig kapiert, warum wir da eben nicht hin können. Ich hab dann gesagt: Der Papi ist in einem ganz anderen Land, und da ist eine Grenze, und da können wir nicht hin. – Ja, warum nicht. Das war nicht leicht zu erklären. Wir haben dann mal über Regierung gesprochen, da hab ich gesagt: Da ist eine Regierung, die ist ganz anders als unsere. – Und du kanntest ja Namen wie Walter Ulbricht. – Na und der ist hier, und drüben ist wieder ein anderer, und die vertragen sich nicht sehr gut und deshalb kann man sich nicht besuchen. – Aber ich war auch irgendwie nie zufrieden, das ist so schwer, ich wußte es nicht anders zu erklären.

Du wolltest auch immer wissen, was auf den Transparenten steht. Und ich weiß noch, wir sind mit der Straßenbahn unter einer Brücke durch gefahren, und da stand auf einem so sinngemäß drauf: Wir wollen den Sozialismus. Und du fragtest und die Leute kriegten das mit und ich hab dir das erklärt und die warn nun alle gespannt, ich fühlte mich plötzlich richtig geprüft. Und dann hab ich so ungefähr gesagt, du saßt auf meinem Schoß und warst klein, gingst in den Kindergarten: Der Sozialismus, das ist ein Leben, was wir gerne haben wollen, da gibt es keine ganz Reichen und es gibt keine Armen und jeder hat genug zu essen und jeder kann ganz viel lernen und keiner ist da, der einen quält. – Und Sozialismus fandst du dann auch gut.

Und dann hab ich gesagt: Wir wollen hier den Sozialismus bald haben und da, wo der Papi lebt in dem Land, die wollen das nicht. Die sind zufrieden, wenn sie ordentlich viel Geld verdienen können, und manche Kinder können gar nicht richtig zur Schule gehen und manche können sich nicht genug zu essen kaufen, aber den andern, die da auch noch leben, denen ist das ganz egal. Und uns im Sozialismus ist es nicht egal.

Ich hab immer gedacht: Wer so ein Mensch ist wie Thomas, der fällt eben wieder auf die Füße. Ich wollte nicht in das Land, gar kein Bedürfnis gehabt, weil ich einfach zu viel wußte. Ich kannte ja theoretische Sachen und habe geglaubt, daß das so ist und daß sich das auch verschärft, ich wußte es aus der Zeitung und dem Fernsehn. Also für mich war das Land unintressant. Ich hab nie gedacht, daß ich da hin will. Das war einfach fremd für mich. Und da ist der Thomas hingegangen, doch wieder einen Schritt zurück. Ich habe gedacht: Das machen wahrscheinlich nur Menschen, die überhaupt nicht denken und die nur einen neuen Pullover haben wollen. Oder es machen Leute, die wie Thomas immer irgendwie an Geld rankommen. Der Westen, das hat sich als Kind auch immer für mich so verbunden, das ist so ein Land, da kannst du zwar alles machen, was dir grade so einfällt. Aber das kann doch nicht in Ordnung sein. Das kann doch nicht alles sein. Ich hab mir nie die Frage auch nur gestellt, ob ich da hin will. Das war außer Diskussion.

Als du fünf wurdest, morgens an deinem Geburtstag, hast du mich gefragt: Ob mich mein Papi wohl sehr lieb hat? – Und ich: Natürlich, was meinst du denn, was der alles mit dir machen würde, wenn wir zusammen wären. – Und dann haben wir nachmittags gefeiert, alle waren da, und Kuchen gegessen, und mittendrin sagst du: Der Papi soll jetzt her kommen, der soll mit feiern. – Und da war alles still. Die haben alle runter geguckt. Immer, wenn sowas war. Auch hinterher, wir haben da nicht drüber gesprochen. Und sie haben mich dann auch nicht angesprochen gleich, da bei dem Geburtstag. Weil sie wußten, dann fang ich auch noch an zu heulen.

Er hat uns ein riesengroßes Bild geschickt, so ein übergroßes Paßfoto, und das hab ich über die Couch gehängt. Und irgendwann hat sich das eingebürgert, daß jeden Abend, wenn ich dich ins Bett brachte, das Bild ein Küßchen kriegte. Und ich war zufrieden. Du wußtest jetzt eben, ich hab auch einen. Denn es gab ja auch Kinder, die hatten absolut keinen. Und irgendwie solltest du wissen, da ist einer, der dich auch will. Oder wollte zumindest. Aber es war eben doch nur Ersatz. Fast wie ein Altar. Es fehlte bloß noch die Kerze. Das haben wir nicht gemacht.

Wenn ich Männerbesuch hatte, die haben teilweise auch gefragt: Ist er das?, oder: Wer ist das. – Er gehörte zu unserer Wohnung.

Ich hab immer gedacht, irgendwann wirst du mir Vorwürfe machen. Warum hast du nicht zugesehen, daß –. Ihr wolltet mich, unmöglich –. Das hab ich mir ausgemalt. Wenn du dann größer wirst.

Und ich wollte mein Kind in meinem Land haben. Und dieser verdammte Kerl ist im Ausland. In dieser Situation warn ja Tausende. Aber die hatten keinen Konflikt. Die wollten bloß weg.

Wenn ich von der Arbeit kam, war die Post da. Manchmal hab ich den Brief gleich gelesen, manchmal erstmal hin gelegt. Wenn wir beide Hunger hatten oder so, wir sind ja beide angekommen. Und wenn ein Brief kam, er hat mich nie gleichgültig gelassen.

Und sie waren ganz unterschiedlich. Es gibt Briefe aus dem Alltag, er war bei Anna und Gerd, oder er war irgendwo verreist, oder er hat wieder was verkauft. Und dann gibt es Liebesbriefe mit genauen Beschreibungen seiner Sehnsucht. Und dann gibt es Briefe, vielleicht zwei oder drei, die er in betrunkenem Zustand geschrieben hat. Das hab ich an Fehlern gemerkt und an Wiederholungen und unvollendeten Sätzen und so. Und da hat er mir geschrieben: Ich kann nicht schlafen und ich muß dir jetzt sagen, ich finde mich so scheußlich und ich kann einfach nicht treu sein und du bist viel zu schade für mich und ich hab wieder eine Rothaarige gesehen und das hat mich wieder von allem so abgelenkt, von dir abgelenkt, von meinen Vorsätzen abgelenkt und wie scheußlich ist das, wenn man sich von Äußerlichkeiten so hinreißen läßt. Und: Ich müßte eben einen Tag groß und schlank sein und am nächsten Tag klein und rassig. Und weil das aber nicht geht, muß er sich eben immer wieder neue Frauen suchen. Und er ist nicht geschaffen für eine Ehe. – Geschrieben: Du hast das nicht verdient, du müßtest einen ganz anderen haben und ich bin einfach zu flatterhaft. – Und eine Woche später wieder ein Brief, ich soll das alles nicht so ernst nehmen, er war betrunken und er meint das nicht so.

Und ich hab gespürt, das ist ehrlich. Und hab gedacht: Ich bin großzügig, ich würde ihm das nicht vorhalten, daß er mal abhaut. Und vielleicht hat er, als er das geschrieben hat, besonders starke Sehnsucht auch gehabt. Und das bedeutet doch, daß ich ihm mehr bedeute als die andern. Und das haben mir ja auch Anna und Gerd gesagt, wenn sie kamen: Wenn er von Vergangenheit spricht, dann spricht er von mir. Und er schrieb dann auch: Wenn alles wieder so wird wie in Graubrücken und du hier bist, dann hab ich bestimmt auch nicht mehr solche Gedanken.

Und je mehr Zeit verging, desto mehr Briefe kamen. Da kam bald jede Woche einer. Und je mehr Zeit verging, desto dringender wurde es auch. Desto länger wurde die Zeit, wo du ohne Vater warst, und alle Männer waren nie so toll wie Thomas in der Zeit, die auch immer besser wurde in der Erinnerung. Es war eben eine wunderschöne Erinnerung, und ich malte mir alles so aus, wenn wir zusammen wären.

Und ich hab sie nie aufgehoben, die Briefe. Ich dachte immer, das ist nur für mich, und wenn ich mal einen Unfall habe oder so –. Das sind meine Briefe.

Da hab ich mich nämlich gewundert, ich hab ja dann alle Briefe verbrannt, daß es so wenig warn. Ich weiß noch, ich stand in der Wohnung und suchte die Briefe zusammen und es waren ganz wenig von ihm.

Einmal zu seinem Geburtstag haben wir ein Tonband aufgenommen. Kannst du dich da noch dran erinnern? Bei einem Freund auch von Thomas, der hatte ein Tonband. Und da hast du alle Lieder gesungen, die du konntest, Alle meine Entchen und so. Und dann habe ich dir vorgesprochen und gesagt: Das hört jetzt der Papi, du mußt schön sagen, Gratuliere zu deinem Geburtstag. – Und dann hast du immer das Gerät angeguckt: Und das hört jetzt der Papi? – Und mir war ganz schlecht dabei, weil ich da auch so hilflos war und ich es dir nicht richtig klar machen konnte, was das jetzt bedeutet. Und dann hab ich das losgeschickt und er hat sich auch gefreut. Er konnte es aber nie hören, weil das eine Umlaufgeschwindigkeit war, die wohl veraltet war, das war so ein alter Apparat. Da warst du vier.

Und einmal warst du krank, und du hast sowieso wenig gegessen, und hast dann fast nur getrunken. Und da hab ich mich im Moment so drüber geärgert, daß es kein Obst gab. Und da hab ich denn mal geschrieben, ob er mal was schikken kann. Das war auch inkonsequent von mir, aber ich hab dann gedacht: Da sitzt der Mann, der kann leicht mal was tun und dir was schicken, nicht? Und da hat er einen Zentner Apfelsinen geschickt, verteilt in drei oder vier Kisten. Das war verrückt, ich hab die verschenkt, das wird ja gammelig. Und natürlich im Brief eine entsprechende Bemerkung dazu. Daß ich dann auch gedacht hab: Hättest du dir sparen können. – Aber mehr auch nicht. Nicht daß ich da irgendwas verarbeitet hätte. Ich war wirklich verrückt, so gefühlsbetonte Menschen haben es schwerer.

Ich war ja nicht viel alleine. Ich hatte so viele Bekannte. Das direkte Alleinsein, das hab ich nicht oft empfunden. Aber dieses Entscheiden müssen. Du redest von Ländern oder Geliebten oder Kindern oder Familien: und immer ist da was. Ich hab das nicht immer gleich stark empfunden, da wär ich ja verrückt geworden. Aber es war immer da. Und oft Momente, wo ich dachte: Was will ich denn nun eigentlich, will ich hier eintreten für den Berufswettbewerb oder will ich das vergessen – dann hab ich mich so beschissen gefühlt. Weil ich ja wußte, das ist was Unrechtes, was ich da denke. Daß ich weg will. Meinem Land gegenüber was Unrechtes und allen Leuten gegenüber. Ich bin oft still gewesen.

Manchmal hieß es denn auch: Hast du schlechte Laune? – Aber das kann ja jeder mal haben, nicht? – Ich kam nicht ins

Reine mit mir. Zu einigen hab ich dann andeutungsweise darüber gesprochen, zu Gisela andeutungsweise, zu Erika andeutungsweise. Aber ich wollte auch keinen belasten.

Die Ilse, die hat sone Art, beim Brötchenschneiden oder so dich ganz unvermittelt was zu fragen. Sie war ja immer so sachlich mehr. Und einmal fragt sie mich so: Hast du eine Idee rüber zu gehn. – Da hab ich Nein gesagt. Und das stimmte ja auch. Ich wollte ja nicht weg.

Mit Gisela konnte ich reden. Die hat auch immer gesagt: Du gehst kaputt hier. – Wenn ich mal von Paul erzählt hab. Sagt sie: Mensch, du mußt dich jetzt entscheiden, dann bleib bei dem, konzentrier dich auf den. Oder du mußt eben wirklich was unternehmen, daß du weg kommst. – Also die konnte auch so diese Konflikte verstehen. Und der hab ich dann auch gesagt: Manchmal wünsch ich mir, daß ich mich ganz kurz entscheiden muß, dieses Hinundher kann ich nicht mehr ertragen, auch wenn es nur in Gedanken ist. Und ich weiß nicht, was ich machen soll.

Ich hab eben mit denen geredet, die mich nicht abgehalten haben.

Denn ich wußte ja, daß Ilse recht hat. Ich hab ja selber gemerkt, je länger die Zeit verging, desto weniger konnten wir uns unterhalten auch in den Briefen. Wir haben ja nichts mehr zusammen erlebt, und da ging es dann eben um bekannte Sachen, und die kannten wir dann auch schon. Und wenn ich dann mal wieder angefangen habe von irgendwas, dann kam eben: Ach, das kann man brieflich nicht besprechen, wir müssen uns mal treffen. – Und da hab ich mich dann drauf versteift.

Und Thomas hat ja sowieso nicht gern über Probleme gesprochen.

Und wenn ich zur Partei gegangen wäre, hätte ich gewußt wie es läuft. Was die gesagt hätten, wußte ich selbst.

Und Gisela und Erika, da hatte ich immer das Gefühl, die wissen was los ist, und: Du hängst an dem Mann und sieh zu – aber wir können dir da auch nicht richtig helfen. Das kann dir kein Mensch abnehmen. – Und das habe ich auch geglaubt.

Alle beide hätten verstanden, wenn ich gesagt hätte: Ich haue nächste Woche ab. Hätten beide verstanden und akzeptiert. Aber wenn ich mit Bestimmtheit gesagt hätte: Ich gehöre zu diesem Land, ich kann hier nicht weg – da wär ich bei Erika, die überhaupt nichts von Politik hielt, und bei Gisela mit ihrer Kirche und dem Christentum; da wär ich bei denen in ihrer Achtung dolle gestiegen.

Ich war bei Ilse und Eberhard und hab gedacht: Ihr versteht mich nicht. – Und es war gar nicht wahr.

Und eines Abends saßen wir so, und da sagt Ilse zu mir: Du hast aber eine schöne Bluse. – Und streicht mir da so irgendwie über den Busen. Und ich war erst ein bißchen irritiert –. Wieder nach einer Weile: Das ist warm hier drin, nicht. – Ich sage: Ja, ich schwitze auch. – Harmlos von mir gemeint. Und da sagt sie: Ja du kannst auch duschen, ich dusche nachher auch. – Denn ich wollte da schlafen, du warst bei Erika glaub ich. Und ich: Ja, ist ne Idee. – Und sie: Mach doch, ach und zeig doch mal deine Bluse, wir sind doch unter uns und hab dich nicht so, zieh doch mal aus, ich muß die auch mal anprobiern. – Und ich das auch gemacht, ausgezogen, stand da im BH und da hat sie mich anders angeguckt als sonst und der Eberhard auch. Das fiel mir auf, aber ich hab das dann schnell wieder vergessen. Und ich stand unter der Dusche, da kamen sie beide rein, haben sich mit drunter gestellt, sag ich: Was ist das denn jetzt. – Und fingen an, mich so zu streicheln und der Eberhard auch und dann standen wir da zu dritt und wir hatten ja auch alle was getrunken, man ist ja dann auch ohne Hemmung. Irgendwie war mir das nicht angenehm, es war mir aber auch nicht total unangenehm, ich war dermaßen durcheinander. Und sie sind dann wieder raus, haben sich zuerst wieder abgetrocknet und sind weg. Das ist ja klein, mußt ja automatisch dicht stehen. Und die nassen Haare. Und: Was war denn das jetzt eben, was war das denn. – Und dann saßen wir da alle im Morgenmantel. Ein eigenartiges Gefühl, ich hab das also nicht abgelehnt, aber auch nicht gewollt. Und so sind wir alle drei ins Bett gegangen. Irgendwie hab ich mir das gefallen lassen. Wir Frauen haben nebeneinander gelegen und er ist erst zu mir gekommen und dann zu Ilse, und als er dann bei Ilse war, da hab ich gedacht: Was hast du denn jetzt gemacht. Und da hab ich noch so gedacht: Es ist man gut, daß es ihm jetzt bei ihr kommt, daß ich es nicht bin. – Also da fand ich das denn nicht so schlimm für mich. Schuldig hab ich mich überhaupt nicht gefühlt, es hat mir auch Spaß gemacht. Aber das hatte ich so als Entschuldigung, verstehst du? Und dann haben wir da alle drei da gelegen und Ilse streichelte mich dann noch so hinterher, und auf der andern Seite lag der Eberhard und ich war aufgeregt, hab gedacht: Warum bin ich denn nicht abgehauen, warum hab ich denn da mitgemacht? – So dieses neue Erlebnis, daß man sich nicht gewehrt hat, das muß ja einen Grund haben, was hat sich da bei mir abgespielt.

Und am nächsten Morgen wurde kein Wort drüber verloren und wir haben gefrühstückt und ich hab mir vorgenommen, ich mach da jetzt nichts von. Und bin dann weg und hab mich erstmal nicht gemeldet, weil ich ja überhaupt nicht wußte, wie geht das denn jetzt weiter, da kann ich überhaupt nicht wieder hingehen. Aber natürlich konnte ich.

Uns wurde eben auch alles verheimlicht, als Kind. Wir haben ja nichts gehört, nichts. Zum Beispiel kriegte ich einmal mit, die Hebamme kommt zu meiner Mutter. Und ich hab sie gefragt warum, und sie hat gesagt: Es ist nichts. – Und die andern Kinder haben aber gesagt: Die Hebamme kommt, wenn man ein Kind kriegt. Und vielleicht hatte sie eine Fehlgeburt. – Was ist das? – Und habe sie dann gefragt: Hattest du eine Fehlgeburt? – Und da war sie ganz verlegen und sagte: Ja weißt du, ich bin ganz traurig, ihr hättet beinahe ein Brüderchen oder Schwesterchen gekriegt, und das konnte nicht leben, das war zu schwach. – Also hatte sie einen Abort. Da war ich zehn.

Und ich hatte ja die Station übernommen, auf der Erika auch arbeitete, und ich war noch gar nicht lange da, da kam sie in die Frauenklinik. Und zwar hatte sie eine Abtreibung gemacht, illegal, und die war septisch geworden. Das hätte schief gehen können. – Und ich hab sie nicht besucht. Die lag ein Vierteljahr, es hätte zumindest der Anstand erfordert, ich war ja ihre Vorgesetzte. Ich hätte doch wenigstens mal Guten Tag sagen können, ich war nicht bereit, ihre Sorgen da zu teilen. Ein Abort, das lag mir fern.

Ich hab auch meiner Mutter mal an den Kopf geknallt: Das, was du sechsundvierzig gemacht hast, war Mord. – Und die konnte sich nicht verteidigen, die war ja nicht redegewandt, sie wußte nicht, was sie sagen sollte. Das war ganz schön hart von mir. Und dumm.

Und die Erika, die ich so behandelt habe, die hat mir angeboten zwei Jahre später: Sie können bei mir wohnen. Als du kamst und ich aus dem Wohnheim raus wollte und eine Wohnung suchte oder was für den Übergang. – Und hinterher haben wir auch da drüber gesprochen. Und da hat sie gesagt: Irene – die hat mir das überhaupt nicht nachgetragen, so eine Seele von Mensch –, Irene, das nehme ich dir nicht übel. Du hattest das Wissen nicht. Das war bitter, sagt sie: aber das war eben so, du mußtest das erst lernen. Du warst eben jung.

Und du warst so zweieinhalb, da schreibt mir der Thomas vor der Urlaubszeit, ob wir uns nicht in Bulgarien treffen könnten, das würden viele machen. Und ich hell begeistert, hab einen Platz auch gekriegt über Jugendtourist, das war so ein Zeltlager, sehr schön, mit richtigen Betten in den Zelten, und Sport so gemeinsam. Und ich ihm die Adresse geschickt, hab in der Krippe Bescheid gesagt, ich treffe mich mit deinem Vater, und ob das geht, daß ich zwei Wochen nicht komme. – Ja natürlich, Schwester Irene, fahren Sie hin. – Und es war ja wirklich eine Ausnahme auch bei mir.

Und ich kriege tatsächlich ein paar Tage vorher ein Telegramm: Ich komme nicht. – Und ich hab es nicht geglaubt. Einesteils hab ich gedacht: Der wird dich ja nicht veralbern, dazu ist es zu wichtig. Und andererseits hab ich gedacht: Das kann er doch nicht machen, das geht doch nicht. Und dann kam noch kurz vorher ein Brief, und er hätte gehört, daß Leute da vom Strand weg verhaftet würden, und die Länder würden alle zusammen arbeiten und er hat eben

Angst und ich müßte das verstehen. Und ich konnte das nicht glauben. Ich bin hin gefahren, und es war sehr schön dort, und ich habe nach jedem Auto geguckt. Die Nummernschilder gelesen, habe Ausflüge gemacht und immer gedacht, in den letzten Tagen noch: Er kommt. Immer auf dem Sprung. Nie zur Ruhe gekommen.

Und die andere Frau in dem Zelt, die hatte ihren Freund da, denen hab ich immer das Zelt überlassen, hab mich viel mit der unterhalten. Und wir sind irgendwo tanzen gewesen auch, und da waren so nette Bulgaren, wir haben uns abgemüht mit unserem bißchen Russisch, und dann hab ich denen auch erzählt, daß ich eigentlich deinen Vater treffen wollte, am nächsten Tag beim Weintrinken irgendwie, und hab da geheult, und die andere Frau noch mit geheult, es war sehr seltsam. Hab mir da richtig einen angesoffen. Und die Männer haben bestimmt gedacht: Was haben wir denn da jetzt für welche aufgegabelt. Aber irgendwie war der eine ganz lieb, der hat mich dann getröstet und gestreichelt und gedrückt. Na jedenfalls dann irgendwo am Strand hab ich dann noch mit dem geschlafen.

Ich konnte einfach nicht alleine sein.

Und ich kam wieder, war braun gebrannt, und es war so schrecklich. Einesteils klar, ein neues Land, es war schön. Aber auf dem Rückflug ist mir dann klar geworden, daß es eigentlich Quatsch war, es war so unnötig eigentlich und er war nun doch nicht gekommen. Die letzten Tage hab ich immer noch gedacht, er kommt doch noch, sowas Blödes aber auch.

Na jedenfalls denke ich, du fährst heute abend noch in die Krippe und holst Eugen, ich brauchte irgendwie noch nicht gleich am nächsten Tag zu arbeiten. Und es war schon ein bißchen spät, ich wußte, du liegst schon im Bett. Aber Thomas war nicht da, jetzt mußte ich wenigstens zu meinem Kind, verstehst du?

Ja, die hat mich vielleicht angeguckt da in der Krippe. Ich kam da vielleicht um acht oder neun an. Und: Der Eugen liegt doch schon im Bett, das geht doch nicht. – Ich sag: Bitte, ich komm direkt aus Bulgarien hierher, ich war noch nicht zuhause, ich halte das nicht aus, bitte, geben Sie ihn mir doch, und ich hab doch noch ein paar Tage frei, und er kann doch morgen ausschlafen. – Und die hat mir wohl angesehen, daß ich kaputt war. Und da sagt sie: Naja ist gut. – Es war auch wirklich idiotisch für dich, so aus dem Schlaf raus. Aber nagut. Jedenfalls hat sie das dann gemacht. Und ich war aufgeregt, ich war aufgeregt.

Und du kamst den Gang da runter schon im Mantel, alles fertig, kamst da an gerannt. Und sie hat sicher beim Anziehen immer gesagt, die Mutti ist da, und du kamst an gerannt und bleibst zwei Schritte vor mir stehen und guckst mich groß an und hast mich nicht erkannt.

Ich war doch so braun, und dann die Haare vielleicht etwas heller, und dann zwei Wochen nicht gesehn, vielleicht hattest du mich schon abgeschrieben, das ist ganz klar, zweieinhalb Jahre alt.

Und dann hast du mich doch erkannt, am Lachen oder was weiß ich. – Ja Eugen, ich bin doch die Mutti. – Dann so langsam hast du es kapiert, und denn aber in meine Arme, und denn, ach Mann, und die hat das ja auch beobachtet, das war alles furchtbar. Und ich mich innerlich beschimpft, machst solchen Scheiß, vierzehn Tage nicht hier gewesen, bloß wegen so einem Kerl. Dann hab ich dich an mich gedrückt und dann weg und in die Straßenbahn, ich hätte die ganze Welt in den Arsch treten können.

In dem Alter, wo du noch nicht sprechen konntest, da hab ich dich mal abgeholt und da sagt die Schwester: Zeig mal deiner Mami was du schon kannst. – Und gesagt: Wo hast du deinen kleinen Piep? – Und dann hast du so richtig mich angestrahlt und den Zeigefinger zur Stirn geführt und angetippt. Und die wollten sich kaputt lachen. Oh, ich fand das unmöglich. Ich war entsetzt. Und die waren erschrocken, daß ich das so schlimm fand. Ich hab gedacht: Was bringen die hier meinem Kind bei? Und das war eben auch wieder ein Neid auf die, die kannten dich ja fast besser als ich, die hatten dich jeden Tag, auch viel mehr Zeit für dich. Und das tat ganz schön weh.

Und das Blödeste, ich bin vielleicht drei vier fünf Wochen zuhause, ich stehe auf morgens, mir ist übel, nächsten Morgen wieder, ich muß aus dem Unterricht raus, ich muß nochmal aus dem Unterricht raus. Da hatte ich grade so meinen ersten eigenen Unterricht als Lehrausbilder. Und: Nein, denk ich, das kann doch wohl nicht wahr sein, jetzt krieg ich auch noch ein Kind. Ich hab mich so erschrocken, Mitka, ohnein. Und ich das Erika erzählt. Und die Erika sagt: Ohgott ohgott, willst du denn zwei Kinder, das schaffst du doch gar nicht. Unmöglich, das geht nicht. – Und ich wollte doch zu Thomas. So wäre das ja kein Problem gewesen, ich hab ja von den andern her nie Schwierigkeiten gehabt, daß ich jetzt alleine war mit einem Kind, das wäre auch mit zweien gegangen. Sowas hab ich dann erst später kennen gelernt, so seltsame Reaktionen. Aber ich wollte doch nun immer noch die K.sche Familie aufbauen!

Na, und Erika kannte eben da den einen. Sagt sie: Weißt du, der macht das. – Und damals war das ja illegal. Sie sagt: Ich spreche mit dem. Allerdings, sagt sie: du kennst den, der ist aus unserm Betrieb, aber ich weiß keinen andern. – Nagut, sag ich, sprech mit dem. – Und denn am nächsten Tag sagt Erika tatsächlich: Du, der macht das. Ich hab ihm aber nicht gesagt, um wen es geht. – Da wußte ich also nicht, wer er ist, und er wußte nicht, wer ich bin. Wir wußten aber beide vorher, wir kennen uns. Und nun natürlich diese Hemmung, und Schamgefühl und Spannung, gut. Ich in ihre Wohnung abends und sitze in der Küche, es dauerte nicht lange, da klingelt es. Oh, sagt sie: jetzt kommt er. – Und mein Herz hat geklopft. Und da läßt sie den rein, und da war es ein Pfleger von uns, von der Station, bei der ich Stationsschwester gewesen war. Und er ist rot geworden, und ich bin rot geworden.

Und Erika mußte raus gehen, Zeugen wollte er nicht haben, und dann hat er mir irgendein Zeug in die Scheide gespritzt mit einem Schlauch, und nach zwei oder drei Tagen fing das an zu bluten, und dann war alles raus. Das hat nicht weh getan und gar nichts, es war eben nur unangenehm alles und ängstlich. Und dann bin ich aufgestanden, und dann haben wir noch einen Schnaps getrunken und Erika ist rein. Ich hab ihm dann, ich glaube fünfzig Mark gegeben, oder hundert, ich weiß nicht mehr, aber es war schon viel auch. Aber dolle war es auch nicht.

Ein paar Jahre später hat ihn mal eine Frau verpfiffen und er hat gesessen. Allerdings zum Glück nicht lange, also man konnte ihm nicht viel nach weisen. Ich weiß noch, daß wir alle dachten: Na Gottseidank, das geht ja noch. Er hat dann auch nachher wieder bei uns gearbeitet.

Eines Tages wurde ich aufgeklärt. Und das spielte sich folgendermaßen ab. Ich war zu Besuch von der Oberschule aus, und da setzt sich meine Mutter zu mir an den Tisch und sagt: Weißt du, wenn du mal einen Freund hast und der wird zudringlich – dieses Wort hat sie oft benutzt –, dann mußt du aufpassen, daß du nicht gleich ein Kind kriegst, weil du noch einfach zu jung bist, das ist doch nicht schön. Dann kannst du nichts mehr machen und so. – Und hat gesagt: Weißt du, das ist am besten, man macht das so. Es gibt da zwar sone Gummidinger, die sich der Mann überstreift und dann kommt der Samen nicht bei dir rein, sondern in dieses Gummiding – so hat sie denn so rum gedruckst, es war ihr unangenehm –, aber es kann ja oft vorkommen, daß du einen kennen lernst und der hat die Gummidinger gar nicht. Und wenn das denn bei dir rein kommt – so hat sie sich ausgedrückt –, dann kriegst du ein Kind und da mußt du aufpassen, daß er es vorher rechtzeitig raus zieht. —— Ich wußte weder, warum raus ziehen, wer ist wo drin und was kommt, was ist Samen – keine Ahnung! Und sie hat dann noch gesagt: Und vor allen Dingen muß man aufpassen, wenn er ihn dann das zweitemal rein steckt, dann können noch Tropfen dran sein. Also immer schön zwischendurch ab wischen. – Und ich: Nichts! Ich wußte nicht, was sind das für Tropfen, ich wußte nicht, wie wird er rein gesteckt, wie paßt das oder wann macht man das oder warum. Ich wußte, das ist irgendeine Sache, die will irgendwann mal irgendwer von dir, und wie wird das wohl sein. Aber daß da eine Zärtlichkeit drum herum ist – ich wußte nur: zwischendurch ab wischen. Ich war siebzehn.

Und ich war mit meinem ersten Freund schon ewig zusammen, bis es dazu kam, daß wir miteinander schliefen. Und es war so Nacht und es war Sommer und so eine schöne

Wiese, und wir haben uns da hin gelegt, das war schön. Und wenig gesprochen, nur: Ach ist das schön heute. – Ja, es ist wirklich schön heute. – Und dann hat er mich so in den Arm genommen, und irgendwie hab ich dann gewußt, jetzt passiert was, jetzt kommt was. Und ich hab mich nicht gewehrt, ich wollte das auch. Und er hat mir die Beine ganz zärtlich hoch genommen, war nicht brutal, hat mich in diese Lage gebracht, hat mir ganz langsam den Schlüpfer aus gezogen und war sehr vorsichtig. Aber ich war angespannt, bei jeder Bewegung hab ich gedacht: Jetzt kommts, jetzt erlebe ich das, was viele immer erzählen. Und jede Sekunde war voll Spannung und ich war nicht in froher Erwartung, ich war ängstlich und total verkrampft und verspannt und deshalb hat es sicher noch mehr weh getan. Und ich fand es gar nicht schön, und das war so groß, was er mir da rein schob. – Man hätte vorher erstmal zärtlich sein müssen, erstmal nackend sein und schmusen und sich streicheln und so ganz allmählich. Ich hab ja auch überhaupt nicht hin geguckt, gar nichts. Und obwohl er nicht brutal war, war es doch zu schnell. – Und dann sind wir auf gestanden und dann war ich so ein bißchen verlegen und er aber auch. Und dann haben wir uns umgefaßt und er hat mich so ganz langsam nachhause gebracht und dann haben wir noch vorne an der Tür gestanden und dann kam eigentlich erst diese Lockerheit, da vor dem Schwesternhaus: Ach schön, nun ist es gut, nun geht das so weiter. Jetzt fängt eine Zukunft an. – Während ich, wenn ich später mit jemand geschlafen habe, oft nicht mal an morgen gedacht habe, es war dann schön und die Nacht ist schön. Und habe auch gelernt, dann selbst zu sagen und zu machen, was ich will. – Ich war achtzehn und er dreißig.

Und viel später dann habe ich mal im Bett gelegen, und da war mir plötzlich so kribbelig, so ganz komisch, und da hab ich mich gestreichelt und immer mehr, und dann hatte ich auf einmal das Gefühl, ich muß mal. Und hab gedacht: Es ist egal – ich konnte nicht aufhören, hab gedacht: Dann machst du eben ins Bett. Und als es mir kam, da hab ich gemerkt, ich mußte ja gar nicht. Und da hatte ich das erstemal einen Orgasmus. Und das hat mir erst gezeigt, was das für ein tolles Gefühl ist. Und dann lag ich auch später nicht mehr stocksteif da, hab dann mit jedem Mann auch gemerkt, daß diese Vorspiele viel schöner sind.

Na jedenfalls, mit Erika war ich dann sehr oft zusammen. Ich hab mal kurz bei ihr gewohnt, bevor ich dann die Altbauwohnung gekriegt habe mit dir. Und später, als der Thomas weg war, da hat sie immer gesagt: Trau ihm nicht soviel. – Sie mochte ihn nicht sehr, er hatte mich mal irgendwas tragen lassen, als ich schwanger war, und das konnte sie nie vergessen. Und ich fand das gar nicht so schlimm. Aber sie war ja auch sehr gefühlvoll und konnte es auch immer verstehen. Hat dann mal gesagt: Mensch, bleib doch bei dem Paul – dann –, schlag dir den Thomas aus dem Kopf. – Naja, aber sie konnte eben auch verstehen, daß ich eben einen unerklärlichen Hang noch hatte.

Und wir hatten ja beide nicht viel Geld. Und beide kein Talent, es einzuteilen. Und dann haben wir Monatsende unsere Portemonnaies genommen und umgedreht und ausgerechnet, was wir für euch brauchen, sie hat ja auch einen Sohn, und für den Rest jeder noch was zu trinken und sind los gezogen. Das war so schön.

Und sie war ja zweimal geschieden und da haben wir immer zusammen auf die Männer geschimpft. Und haben viel unternommen und waren immer fröhlich und haben immer gesagt: Wenn die Ärsche wüßten, wir haben auch unsern Kummer – aber wir haben den nie gezeigt. Und denn haben wir manches Mal zusammen geheult.

Und ich bin in eine Gymnastikgruppe gegangen, künstlerische Gymnastik in Gruppe und einzeln. Und da war auch Franz, der hat mich mal ganz lieb gefragt: Heiraten willste nicht?

– Nee.

– Biste zufrieden?

– Ja, bin sehr zufrieden. Wir kriegen jetzt das Kind und das ist toll.

Dem konnte ich auch später alles erzählen von meinem Kummer, der hat mir nie Vorwürfe gemacht, wie es zum Beispiel meine Mutter immer gemacht hat: Hättste –. – Das war ein ganz tolles Kumpelverhältnis. Wir mochten uns so gerne, daß er manchmal nach dem Sport nicht mit dem Fahrrad nachhause gefahren ist, sondern zu Fuß mit mir mit. Und zu mir war es nicht weit, zum Schwesternhaus. Und später, als ich mit dir eine Wohnung hatte, mußte ich an seinem Haus vorbei dann.

Und du konntest noch nicht laufen, Thomas war so ein paar Monate weg, da konnten wir uns einen Abend gar nicht verabschieden. Und ich sage noch ganz harmlos: Paß auf, bei meinem Schrank geht immer die Tür auf und ich habe keinen Schlüssel, das müßte mir mal einer in Ordnung bringen. – Und da sagt der Franz: Das kann ich dir machen. Ich komme. – Und in dem Moment wußten wir beide, daß er kommt, und er hat dann am nächsten Tag auch den Schrank gemacht, und ab da haben wir zusammen geschlafen. Obwohl ich andere noch hatte. Aber das war immer so ein Pol.

Thomas ist ja immer davon aus gegangen, ich bin treu. Aber das sah ich gar nicht ein. Der schrieb auch manchmal in seinen Briefen: Was, du hast dir die Haare abschneiden lassen? Dafür habe ich dich gestern Abend betrogen. – Sowas Blödes. Da hat er gedacht, er trifft mich. Das ist nicht zu fassen, wirklich, sowas Dummes.

Und die Barbara, die eine Kollegin, die konnte ja überhaupt nicht verstehen, daß ich nicht längst abgehauen bin. Die hat immer gesagt: Du liebst den doch gar nicht, wenn du einen liebst, dann machst du alles.

Franz hatte im Gegensatz zu Thomas so eine Mischung aus Lebenslust und Nachdenklichkeit. Der konnte schweigen. Das war neu, so zuhören und gar nichts sagen und mich einfach nur streicheln, das kannte ich von Thomas gar nicht. Bei Thomas war immer Leben. Und da konnte man jetzt so ausruhen. Das war schön.

Du warst dann in der Krippe oder im Kindergarten, und dann entweder während der Dienstzeit, hab ich immer gesagt: Ich geh zum Frisör. – Und: Bin da nicht angekommen. – Und er hatte ja als Lehrer auch so bestimmte freie Stunden, das haben wir dann so gelegt. Oder ich hatte Studientag, ich hab ja dann Lehrausbilderin gemacht, und da hab ich dich sowieso manchmal, wenn ich zu arbeiten hatte, vormittags in den Kindergarten gebracht. Aber das kam ja nicht oft vor, daß wir zusammen geschlafen haben, das ging ja zeitlich gar nicht. Vielleicht alle zwei Wochen. Und immer bei mir. Unter dem Bild von Thomas.

Das hat sich also fünf sechs Jahre hin gezogen. Wir haben uns gesehn und uns immer viel aus unserem Leben erzählt. Er hatte sich immer eine Frau gewünscht, die auch so sportbegeistert ist. Und seine Frau, die ist auch Sportlehrerin, aber die hat eben ihren Unterricht gemacht und fertig. Und ich war ja auch so, daß ich Arbeit und Freizeit da so vermischt habe, mehr gemacht, als ich hätte machen müssen. Er hat mir da nie irgendwas vor gejammert, so die alte Masche: Wie konnt ich bloß – er hat das sachlich mir so erzählt, wie das eben nicht in Erfüllung gegangen ist.

Und er hat viel, viel aus der Gefangenschaft erzählt. Nicht gejammert, daß er es da schlecht hatte, sogar erzählt, daß sie Schulungen hatten und so, er war bei den Russen. Aber er sagte immer, er will nicht fanatisch werden. Das war immer sein Ausdruck. Er ist nie in die Partei eingetreten. Er war voll für den Staat, hat ja gesehn, was gemacht wurde, aber er hatte irgendwie nie den letzten Schritt. Und ich hab denn gesagt: Mensch, hast du das Gefühl, ich bin fanatisch? – Nee. – Siehste. – Aber er konnte nicht.

Das war eine sehr schöne Zeit. Und da hab ich auch eines Tages gemerkt, ich krieg von dem ein Kind. Und das war schlimm. Ich wollte nämlich gerne von ihm ein Kind. Es gibt ja viele Leute mit zwei Kindern. Aber erstmal, das hätte seine Familie nie wissen dürfen. Und dann wollte ich immer noch zu Thomas. Ich habe den Franz sehr sehr sehr gerne, immer noch. Und ich dachte, es wäre Verrat an Thomas und an dir, jetzt ein Kind von Franz zu bekommen.

Die Beschwerden ließen dann nach und ich hab das wieder vergessen. Und ich muß Anfang dritten gewesen sein, da blieb die Regel nochmal weg, und da hat dieser Pfleger das nochmal gemacht. Und in der Zeit wohnte meine Schwester bei uns, und sie sagt: Mensch, du bist so blaß, was ist denn mit dir? – Und da hab ich gesagt: Ich hab eine Erkältung in mir. – Und sie war hochschwanger. Und ich hab immer geblutet und hatte immer das Gefühl, das ist noch nicht alles. Und durch dieses tagelange Bluten bin ich dann so blaß gewesen. Und einmal morgens kam die Erika, und die hat einen Schreck gekriegt: Irene, sagt sie: du bist ja weiß wie die Bettwäsche. – Ich war schon halb verblutet, nicht? Und hat eine Taxe gerufen und hat mich ins Krankenhaus gebracht. Und gleich zur Untersuchung. – Ja, was haben Sie denn? – Ich sag: Ich bin wohl schwanger, aber ich blute. – Und sie mich untersucht und gesagt: Das müssen wir machen, sofort. – Und Erika noch mit vor den OP, ich hab ne Narkose gekriegt, und dann hab ich noch immer vor der Narkose gesagt: Legt mich nicht auf Station elf. – Da lagen nämlich die ganzen Abtreibungen. Und ich hab mich so geschämt. Und dann haben sie mich auf eine Station gelegt, wo sie das Personal auch immer hin legen. Das macht jedes Krankenhaus, und den kleinen Vorteil kann man uns ja zu wenden. Und in der Narkose, wenn ich auf gewacht bin, soll ich immer gefragt haben: Bin ich auch nicht auf der Elf? – Und die immer: Nein – mich beruhigt. – Gottseidank, soll ich denn immer gesagt haben, hab weiter geschlafen.

Und Ute kam dann an mit ihrem dicken Bauch, und wir haben beide geheult, haben jeder dem andern leid getan.

Und dann Marlies von der Arbeit. Marlies hat mich besucht, das ist eine so liebe Frau, und die hat sich jahrelang ein Kind gewünscht mit ihrem Mann, das hat nie geklappt. Und sie sagt: Mensch, warum hast du denn nichts gesagt. – Und ich weiß noch, daß die gesagt haben: Du siehst so blaß aus. – Ich war schwach und bin jeden Tag zum Dienst gegangen und hab geblutet wie sonstwas. Und nichts gesagt.

Und dann kam die Ärztin auch, die mich untersucht hatte. Und ich: Ich muß Ihnen was sagen. – Denn ich hatte ja vorher nicht gesagt, daß ich was gemacht habe. Und sie sagte nur: Ja, ich weiß. – Das war schön.

Manche Kolleginnen hatten auch bissige Bemerkungen, als dann die Grenze zu war. Also ich weiß, die Gisela, die war ganz schön hart. Die hat gesagt: Naja, nu mußte eben sehn, das hast du nun davon. – Also in dem Sinne: Warum bist du nicht abgehauen vorher, nu bist du schuld, selber schuld, brauchst du auch nicht zu jammern. – Die konnte gar nicht verstehn, daß ich nicht längst weg bin.

Als ich Lehrausbilderin wurde, bin ich auch wieder FDJ-Mitglied geworden. Und hatte dann die Aufgabe, die Schüler alle an die FDJ heranzubringen, mit denen Wandzeitung zu machen in unserem Klassenraum, und bei Gelegenheit über den Sinn der FDJ zu sprechen. Und es waren zwar alle bis auf drei drin, aber die Arbeit sollte so langsam aufgebaut werden, daß das dann auch klappt. Und dann bin ich gewählt worden in die Bezirksleitung, erstmal in die FDJ-Leitung der ganzen Klinik.

Da hatten wir übrigens ein ganz seltsames Problem: Das Pflegepersonal hatte irgendwie Vorurteile gegen die Studenten. Eigenartig. Sonst war das immer wie eine große Familie, wir haben ja Betriebsausflüge gemacht und zu den Festtagen riesige Feiern, die Klinik hat ja da ganze Theater gemietet, und da saß ja dann auch alles durcheinander, also die Reinemachefrau neben dem Chefarzt und so. Also ganz anders als dann hier. Und da war es aber irgendwie gehemmt. Und da hab ich dann den Berufswettbewerb gefördert, dann Lernergebnisse verbessern, und eben Sportfeste und so.

Gut, ich wurde also irgendwann in die Bezirksleitung gewählt. Und ich kriegte mit, daß es so Austauschdelegationen gibt in die BRD. Und da hab ich gedacht, wenn ich den Thomas auf die Art und Weise mal sehen könnte und ich so sehen könnte, wie er sich entwickelt hat. Ich hab mir zugetraut, ihn da so einschätzen zu können dann. Ich wollte eben auch wissen, was er politisch für eine Einstellung hat. Irgendwie das Telefon, ich wollte manches eben auch persönlich wissen. Ich wollte sein spöttisches Gesicht sehen, wenn er was Politisches sagt. Ich hatte das Gefühl, ich kann das gar nicht rauskriegen.

Ich hab gedacht, ich brauche ein Gespräch, ich muß wissen, wie er spricht. Leute, die Kontakt hatten mit dem Westen, die haben so von den Verhaltensweisen der Westler erzählt. Und ich hatte immer so die Befürchtung, daß er sich das auch annimmt. Und er hatte ja wieder ein kleines Geschäft, und daß vielleicht sich das doch im Verhalten zeigt. Und daß diese Eigenschaften, die er hier mir schon so gezeigt hat, sich bestimmt ausgeprägt haben.

Denn allein, daß er da überhaupt leben konnte. Und er hatte es ja, hab ich manchmal gedacht, drauf ankommen lassen. Ich hätte doch nie irgendwas gemacht, wo die Möglichkeit gewesen wäre, daß ich da abhauen hätte müssen. Der Staat war ihm doch egal. Auch so die Andeutungen im Brief, so: Na, wie gehts euch denn jetzt im Sozialismus?

Die Leute, die Besuch hatten oder da waren, die sagten immer: Die sind irgendwie ganz anders als wir. Die kennen überhaupt kein Mitleid mehr und da ist jeder für sich und um Politik kümmern sie sich überhaupt nicht, Hauptsache Geld verdienen und so. – Und der Thomas hat ja die ersten Anzeichen schon hier gezeigt. Und da hab ich gedacht, wenn ich ihn sehe, dann weiß ich, ob da noch eine Antenne ist zwischen uns.

Und da bin ich zu unserem Parteigruppenvorsitzenden gegangen und hab ihm das gesagt. – Könnt ihr nicht dafür sorgen, ich möchte gerne eine Delegation mit machen. – Das war sicherlich auch irgendwie naiv. – Kann man denn das nicht machen, ich komm doch dann bestimmt wieder, da könnt ihr euch drauf verlassen, wenn mein Kind hier ist, dann komme ich auf jeden Fall wieder. Ich muß mich einfach entscheiden. – Und da hat er gesagt: Nee, das geht nicht. Du darfst dich von der Delegation nicht entfernen, du kannst dich da nicht privat mit jemand treffen. – Und das hab ich nicht verstanden. Sie haben mir nicht die Gelegenheit gegeben, ihn zu sehn. Ich hätte das ja sofort gesehn, dieses: Ich, der Unternehmer. Dann wäre es ja erledigt gewesen.

Ich war doch Genossin.

Und ich hab ja nie gedacht: Ich will da jetzt unbedingt hin. Da war gar kein Anlaß. Ich hab nur immer rum gesponnen: Was wäre wenn. Was mache ich, wenn es geht. – Und ich konnte mich nie, auch in Gedanken nicht, entscheiden.

Ich hab mich dann erkundigt, ob es so eine Art Ferntrauung gibt. Aber das gibts nur im Krieg. Das hätte ich gemacht, da hatte Thomas nach gefragt.

Ich hab ja an die verrücktesten Sachen gedacht auch. Bin mit Gisela zu einem Rechtsanwalt gegangen, wollte Polin werden. Der hat gesagt, der war so väterlich, sagte: Überlegen Sie sich das, ob Sie das wirklich wollen. – Na, und ich wollte nicht.

Als ich zur Schule gewechselt bin, war ich ja dann in einer andern AGL, da hatte ich dann keine Funktionen mehr. Aber FDJ hatte ich jetzt. Und auch was beim Sport, da hatte ich ja die Gruppe von Schülerinnen, und dann die Kindergruppe, in der du auch warst. Und ich hab oft mitten drin mich gesehn und gedacht: Ich bin nicht ehrlich. Ich bin nicht offen. Ich will hier weg. Ich will hier nicht weg. – Und habe nichts gesagt.

Dann hab ich wieder an den Brief gedacht, als die Grenze zu war. Der war widerlich. Der war so schlimm, den hab ich nach dem ersten Lesen zerrissen. Auch gar nichts Persönliches, kein Trost, nichts. Hat auch immer von: Ihr – geredet: Wenn ihr keine andere Möglichkeit wißt. – Ich war, ich wurde angegriffen.

Aber dann kamen ja auch wieder Briefe, die er ernst gemeint hat.

Ich hatte mich ja angemeldet für eine Wohnung. Und der Bescheid, daß ich jetzt dran bin mit der Wohnung, der hat auch wieder so ein eigenartiges Gefühl bei mir ausgelöst. Ich konnte mich gar nicht freuen, ganz seltsam, ich hatte so das Gefühl: Wenn ich die Wohnung jetzt habe, dann bedeutet das, ich baue mir hier ein Nest. Oder wie du das nennen willst. Und damit ist die Entscheidung gefallen. Und die Schlüsselübergabe, ich weiß noch, war so schön und feierlich, und wir haben uns alle kennen gelernt, und wir standen im Flur und haben uns alles angeguckt. Und glaubst du, daß ich mich hundertprozentig freuen konnte? Ich kam mir so schlecht vor. Weil ich eben diese Gedanken hatte. Und die wußten das alle nicht. Und ich hatte Funktionen.

Paul hab ich beim Tanzen kennengelernt, wie alle. Er kam zu Erika und mir an den Tisch, so auf mich zu, und Ha!, genau mein Typ, groß, blond. Und er forderte mich auf, und wir tanzten, haben andauernd zusammen getanzt, haben uns wieder verabredet, waren schwimmen, haben viel zusammen gemacht, wenn er da war. Er war so wissenschaftlicher Mitarbeiter von irgendeiner Firma, die physikalische Geräte herstellte, war viel im Ausland, in Frankreich, in Kuba. Und er kam immer, später dann auch, wenn er gar nichts in M. zu tun hatte. Der war so unheimlich fröhlich. Wir sind immer in die Bar gegangen, das war so ein bißchen intimer als beim Tanzen. Und da standen immer so Teller mit Knabberzeug. Und das hab ich so gern gegessen. Und wenn wir da reinkamen, hat der Paul schon an der Garderobe so mit mir Kind gespielt, hat gesagt: Aber nicht wieder gleich draufstürzen, Irene, schön artig sein. Weil er das auch so schön fand, daß ich das so offen gemacht habe, ich hatte da keine Scheu. Oder er hat mir die ganze Schüssel unter die Nase gehalten. Und dann haben wir uns kaputt gelacht. Und dann mußte ich immer nachsprechen, was er auf Russisch gesagt hat. Ich hab das gar nicht verstanden, und ich hab geübt. Drei vier Mal, und dann hieß das irgendwas Verrücktes. Der war auch nicht in der Partei, obwohl er soviel rumgereist ist. Er sagte dann auch irgendwann: Ich muß jetzt auch mal am Tage kommen, damit der Eugen mich nicht immer nur beim Frühstück sieht, der muß mich kennenlernen. Das fand ich toll. Wir haben nie gesagt, wir wollen heiraten. Aber eigentlich wollten wir das. Einmal sagte er: In so einer Wohnung könnte man zu dritt wohnen. Sone Sachen, weißt du? Und einmal hab ich ihn zur Tür gebracht, und irgendwie hat die Nachbarin das mitgekriegt. Und da sagt sie, die war so nett, sagt: Ach das war ja ein netter junger Mann. Und ich war auch so traurig, daß er weg war, und da sag ich: Au Mann, wenn der Thomas nicht wär, mit dem möchte ich zusammen leben. Die hat mich groß angeguckt. Daß ich da doch so abgerückt bin, vielleicht. Die Leute haben ja immer gedacht, ich bin absolut treu.

Du hast immer Schule gespielt mit Gaby. Die Nachbarn hatten einen Fernseher, da hast du immer Sandmännchen geguckt. Der Mann war bei der Polizei, die warn alle drei auch so nett. Und manchmal, wenn ich dich ins Bett gebracht habe, hast du an den Papi gedacht und gefragt, wo ist der. Und dann, später, wenn ich dich ins Bett gebracht habe, hast du nach Gaby gefragt. Wo ist sie.

Ich fand mich selber unausstehlich. Ich hatte Momente, wo ich überlegt habe: Binz, hör auf zu spinnen, bleib hier, hier bist du gut aufgehoben, du gehörst hierher, dein Kind gehört hierher, was willst du in einem fremden Land, Scheiß auf diesen einen Menschen da. Solche Momente hatte ich tausendmal. Aber auch tausendmal nicht. Und dann kam ich mir so unaufrichtig vor. Unaufrichtig der Partei gegenüber. Ilse, Eberhard gegenüber. Meinem Beruf, meinem Land, allen Leuten gegenüber.

Über den Geteilten Himmel hab ich geheult.

Ich hatte schon irgendwie vorher das Gefühl auch: Es wird nicht dieses absolute Glück. Es wird vielleicht nie das, was ich jetzt denke. Ich hatte dieses total Ungewisse. Sonst wäre ich ja mit wehenden Fahnen hierher. Ich bin ja nicht freudig weg gefahren.

Ich wollte immer viele Kinder haben.

Im Frühjahr kamen Anna und Gerd, und da hat der Gerd mir ein zusammengefaltetes Stück Papier gegeben, Durchschlagpapier ganz dünn und zusammengefaltet zu einem markstückgroßen Knäuel mit Tesafilm geklebt. Und als die dann weg waren, hab ich das ganz vorsichtig auseinander gemacht und da stand drin, Thomas kennt jetzt Leute, die uns rüber holen könnten.

Und da hab ich das erstemal konkret an Abhauen gedacht.

Und nähere Einzelheiten würde ich persönlich erfahren, und ich würde irgendwann ein Telegramm kriegen und da steht drin, meinetwegen daß ich am zehnten nach Dänemark schreiben soll. Und da soll ich drei Tage zurück rechnen, damit ich nicht beobachtet werden kann. Und da sollte ich also am siebten nach Berlin fahren und sollte an der Karl-Marx-Allee an der Karl-Marx-Buchhandlung sein und sollte zur vollen Stunde auf und ab gehen, Schaufenster gucken. Und wenn keiner kommt, sollte ich weg gehen und die nächste volle Stunde wieder hin gehen, also es war wie ein Krimi. Und wenn irgendwann ein Telegramm käme mit Inhalt Schweden, dann wäre die Sache perfekt und dann würde ich nochmal Nachricht kriegen. Und mich würde einer ansprechen, ein Mann, der sollte sagen: Entschuldigen Sie bitte, können Sie mir sagen, wo das Krankenhaus Friedrichshain ist. Und dann sollte ich sagen: Es tut mir leid, ich bin hier fremd, ich komme aus M. – Das sollten die Erkennungssätze sein. Und so lief das tatsächlich ab.

Und erst da hab ich gedacht: Ich mache es. – Es war so konkret und einfach schien es und ich dachte: Ich halte dieses Ungewisse nicht mehr aus. Jetzt ist es soweit und jetzt mache ich es auch.

Es war jedesmal ein anderer, der mich ansprach. Wir haben uns über Einzelheiten unterhalten. Einmal sollte ich ausprobieren, ob du nach einer halben Schlaftablette schläfst. Das hab ich dann auch mal gemacht und das ging auch, aber das wollte ich nicht. Nachher wirkt das Mittel doch mal nicht.

Einen hab ich zweimal gesehen. Der war so sehr sympathisch, wir haben uns beim zweitenmal richtig gefreut. Und mit dem hab ich auch so ein bißchen geredet, der sagte zu mir: Sie werden sehn, was Sie sich dann alles kaufen können. – Und ich hab dem gesagt, daß das gar nicht so wichtig ist für mich. Es kam so raus, daß der immer ungläubiger wurde, und ich glaube, er hat am Schluß gedacht: Ja was will sie denn, die macht sich hier Komplikationen und ist doch die Falsche dafür. – Er hat dann auch mal so gesagt: Na, Sie werden ja sehn.

Und dann hatte ich den Termin.

Hab immer nur gedacht: Jetzt wirds ernst, jetzt muß ich was tun, jetzt kommts drauf an, jetzt muß ich entscheiden. Und bin überhaupt nicht auf die Idee gekommen, mich irgendwie nochmal beraten zu lassen.

Ich hab mich wahnsinnig zusammen reißen müssen, das für mich zu behalten. Ich hab immer versucht, ganz ruhig zu bleiben und zu überlegen, was muß ich jetzt machen, was will ich denn machen. Ich hatte das Gefühl, ich gehe auf so einer Art Glatteis. Und ich wußte, wie Arbeitskollegen später gefragt werden, und für Mithilfe da vielleicht bestraft. Und da wollt ich niemanden belasten auch.

Und ich kam mir so beschissen vor.

Und ich habe mir nichts, nichts anmerken lassen.

Warum nicht, warum nicht.

Und dann hab ich keine Weihnachtsgeschenke gekauft.

Und eine Woche vorher krieg ich Bescheid, es klappt doch nicht. Dann bin ich aber los gerannt und hab Geschenke gekauft! Und war erleichtert.

Hab gedacht: Ach Mensch schön, sitz ich hier und das ist doch viel besser. Ich wollte doch aus dem Land gar nicht weg.

Und dann ein neuer Termin.

Und ich wußte, daß ich weg gehe, und plötzlich sollte ich eine Nadel kriegen für meine Gymnastikgruppe mit den Kindern. Ich hab sofort gedacht: Das nimmst du nicht an. Denn vorher weiß man das, daß man eine kriegt. Das wird ja in der Gruppe beraten, da ist man dabei, und ich hab gedacht: Das mußt du irgendwie abwenden. Die kannst du nicht noch annehmen und dann vierzehn Tage später abhaun. Das geht nicht.

Und da hab ich lange geredet. Gesagt: Die und die ist doch genauso gut oder vielleicht besser, ich mit meinen paar Kindern. Dabei war ich so stolz, daß ich die kriegen sollte. Aber ich hätte mich eher umgebracht als die anzunehmen. Und ich hab das tatsächlich geschafft. Gesagt: Nein, ich will die nicht, ich finde mich nicht so gut, und ich finde, das muß die und die kriegen, nein. Dann komm ich eben nicht, nehm ich die eben nicht an. Einen auf Trotz gemacht.

Und war fertig den Abend. War zufrieden, daß ich das geschafft habe. Aber andererseits. War völlig fertig.

Und ihn dann nochmal getroffen, ein paar Tage bevor ich weg ging, Franz. Ich wußte es schon. Und ich kam mit dir aus dem Kindergarten, du gingst immer auf dieser Mauer da am Rand, ich führte dich so mit einem Arm, das war immer schön. Und er kam mir mit dem Fahrrad entgegen. Und abgestiegen, das war klar. – Na wie gehts denn. – Und ich hab gedacht: Schön, daß ich ihn nochmal sehe. Hab gesagt: Ach ich verreise bald.

– Ja, wohin denn?

Und da hast du irgendwas gerufen, das war gut, abgelenkt. Am liebsten hätte ich ihn natürlich gedrückt. Ich hab nur seine Hand fest gehalten und hab immer gedacht: Der merkt das jetzt – aber das sollte er natürlich nicht, und hab mich innerlich ganz lieb von ihm verabschiedet und hab dann bloß das übliche gesagt und er ist weiter gefahren. Machs gut, auf Wiedersehen.

Und von Gisela verabschiedet.

Ich hab mir immer ein Klavier gewünscht. Jahrelang hab ich mich umgehört. Und ich war ja in einem Zimmer mit Marlies, Barbara und Gisela. Und Gisela sagt auf einmal zu mir: Weißt du was Irene, du suchst doch immer ein Klavier. Ich kann dir eins besorgen. – Und da hab ich sie angeguckt und hab den Kopf geschüttelt. Und sie das gesehn und sofort kapiert. Ohne ein Wort. Sie wußte, wie sehr ich mir ein Klavier wünsche. Und laut hab ich dann irgendwas gesagt. Ich hab jetzt andere Ausgaben oder was, die andern haben nichts gemerkt.

Und auf dem Weg zur Straßenbahn, wir gingen ein Stück alleine, da sage ich: Bist du heut abend zuhause, ich möchte gern kommen. – Ja, und dann bin ich da hin gefahren.

Und Marlies sagte den einen Tag zu mir: Was hast denn du da zu schreiben, du machst das doch sonst nicht so oft. – Das ist ihr aufgefallen. Ich hab meinen Schreibtisch aufgeräumt. Und grade Marlies, die so ein Pflichtgefühl hat. Mit dem Staat überhaupt nichts zu tun, aber ein ganz fleißiger, aufrichtiger Mensch. Ich hab gedacht, die wird nachher diejenige sein, die sagt: Da seht ihr mal wieder. Eine Genossin. Und kam mir vor wie ein Schwein.

Und dann bin ich zu Gisela gekommen. Und sie ist in die Küche gegangen, und da bin ich zu meinen Platten – sie hatte einen Plattenspieler und ich nicht, sie hatte also meine Platten bei sich – und hab die Romanze in F von Beethoven aufgelegt. Hab mich auf den Boden gesetzt, mich aufgestützt, mich aus geheult. Und da kam sie wieder rein. Hat mich bloß in den Arm genommen und nichts gesagt.

Ich hätte nur sagen können: Gisela, ich weiß nicht, was ich machen soll. Das geht doch nicht, das kann ich doch nicht machen. Ich will doch gar nicht weg. Und was hätte sie sagen sollen. Wir haben nichts gesagt, aber sie hat es gewußt. Sie konnte mir ja auch nicht helfen. Es war so schön, daß sie da war, daß ich mich da so gehen lassen konnte.

Ich war ja überzeugt, daß es mit euch ganz wunderbar wird. Wir gehören doch zusammen. Total naiv. Wollte von deinem Vater noch mehr Kinder. Das war alles. Total naiv. Eugen. Total naiv. Ich kann nichts dafür. Dachte, vielleicht fährt ja kein Zug nach Berlin. Vielleicht komm ich nicht hin rechtzeitig.

Alles schwarz. Was in einer Woche sein wird? Schwarz. Total ungewiß, überhaupt keine Vorstellung. Vielleicht tut jetzt einer was für dich, hab ich gedacht. Vielleicht nimmt dich jetzt einer und sagt: Guck, du gehörst hierher, du mußt jetzt hier bleiben. Und da hätt ich brav gesagt: Ja.

Hab immer gedacht: Vielleicht geht es ja nicht. Es geht bestimmt nicht. Es klappt nicht.

Und ich hatte den Vater von Thomas kennengelernt, er hat ihn immer besucht und mir dann erzählt. Und dem hab ich ein Telegramm geschickt, dann und dann möchte er kommen. Und wir treffen uns am Bahnhof, ich hatte ja Dienst, gebe ihm die Papiere, und er sagt: Mensch, wo ist denn die Dreivierteljacke? – Ich hatte so eine von Thomas geschenkt gekriegt. Und diese Jacke, die war mir so unwichtig. Und der Vater sagt: So ein wertvolles Stück. – Gut, bin ich also nochmal nachhaus gefahren, habe den geholt.

Weißte, an diesen Scheißmantel, da denkt der. Aber daß der Thomas verheiratet war und zwei Kinder hatte, das hat er mir nicht gesagt.

Ellen und Ronald Schernikau Ende 1962 in Magdeburg. Den Stoffbär hatte der Vater geschickt, der bereits im Herbst 1960 nach Westdeutschland übergesiedelt war.

4

Wir saßen dann im Wagen und haben gesungen. Irgendwas kam im Radio zum Mitsingen. Wenn ich jetzt daran denke, denke ich an diese erste halbe Stunde und denke: Da, das war das Glück. Ich sehe dich sitzen neben mir, es war eng, wir waren zu fünft, und du siehst woanders hin.

Wir sind dann ausgestiegen zum Telefonieren. Die beiden andern, die Geschwister, haben ihren Vater angerufen. Es wußte ja keiner, wann genau wir nun kommen. Und ich gucke so auf den Fahrer, und er zögert und sagt: Ja, Frau Binz, Ihnen kann ich die Telefonnummer von Herrn K. leider erst morgen früh geben, Herr K. ist nachts nicht zu erreichen.

Er war nicht zu erreichen. Er wohnte also nicht allein, Sonja wohnte also bei ihm und wußte von nichts.

Wir sind dann ins Hotel, wir waren ja völlig aufgedreht, noch was gegessen im Bahnhof, dann ins Bett. Unterwegs war mein Schuh kaputt gegangen, die Strümpfe, ich hab sie aufgehoben zum Wegbringen. Da wußte ich noch nicht, daß sie hier alles weg schmeißen. Und beim Einschlafen haben wir uns erzählt: Morgen kommt der Papi, der holt uns hier ab und dann wird alles schön.

Morgens angerufen: Nein! Ich komme, ja wo, ich komme sofort –, gefrühstückt, aber nicht richtig. Bald ist er hier. Die Geschwister immer: Oh ihr habts gut, ihr seht euch bald. – Deren Vater war Pfarrer im Hessischen. Der Empfang bei denen war auch recht kühl, sie konnten da auch nicht zuhause bleiben dann. Und dann vor die Tür gegangen und immer geguckt, und tatsächlich. Auf der andern Straßenseite stieg er aus aus seinem großen roten BMW. Und er kam über die Straße auf uns zu, frisch und glücklich und fröhlich, und dann haben wir uns erstmal gedrückt.

Und er läßt mich los nach einer Weile und geht zu dir runter in die Hocke, du hattest nun hoch geguckt, ganz still, ganz erwartungsvoll, und er drückt dich auch und läßt dich wieder los und nimmt dich so und guckt dich an und sagt: Aber so ähnlich sieht er mir gar nicht.

Diese Sekunde. Er hat dich dann auf den Arm genommen und wir ins Hotel rein und uns gedrückt und die andern: Hallo, und du zwischen uns, und wir uns hingesetzt und: Habt ihr schon gefrühstückt? – Ja. – Dann Sekt!, da war Heulen und Lachen. Und der Fahrer da zwischen und die Geschwister, und das war, als hätten wir alle einen Schwips.

Und der Zug der beiden Geschwister ging irgendwie erst später, und da hat der Thomas gesagt: Kommt doch mit zu Anna und Gerd, wir bringen euch nachher. –, und wir sind so auf der Straße gegangen und da sagt der Thomas: Anna und Gerd kennst du ja, der Thorsten ist jetzt zwei, und Anna ist jetzt wieder schwanger. – Ach, sag ich. Das ist ja toll, da kann sie sich ja freuen.

– Ja, sagt er: Aber wenn ich dir jetzt sage, daß die Sonja das zweite Kind von mir kriegt, dann freust du dich wohl nicht mehr.

Die Art auch. Auf der Straße auch, gar nicht ruhig oder –. Und ich durfte nicht anrufen, die leben zusammen, die kriegt jetzt ein Kind, der trennt sich nie.

Ich muß wieder nachhause, das kann ich nicht, ich hab gedacht, was soll ich denn hier noch, was soll ich denn, warum hat er uns denn überhaupt her geholt. Ich konnte die Sätze nicht zuende. Betäubt.

Was ist das für ein Mensch, das kann doch nicht wahr sein, das gibts nicht, warum bloß, was soll das, was soll ich denn jetzt hier. Was wird mit meinem Kind. Wir haben in diesem Auto gesessen und haben nichts gesagt. Der war still auch, der war froh, daß er mir das so hin geknallt hatte und daß ers los war. Wir haben nichts gesagt, das war schlimm.

Das Kind kann ja trotzdem was von seinem Vater haben vielleicht, hab ich dann gedacht. Vielleicht wird ja alles noch gut. Aber wieso gut. Aber das ist der Schreck. Aber du bist doch schon mit mehr Sachen fertig geworden, hab ich dann gedacht.

Ich hab ja immer angefragt in den Briefen, wer macht dir denn die Wäsche. – Ja, eine Nachbarin, die wirst du dann ja kennen lernen, die ist sehr nett. – Und mit Sonja, dachte ich, die besucht er dann und guckt die Kleine an, er hatte mir ja geschrieben, die sieht ihm sehr ähnlich, sowas war wichtig. Das wußte ich ja, daß ich das verkraften muß.

Und dann hab ich gedacht: Dieses Haus, er wird ja nicht mit uns zusammen leben wollen, das ist ja da in dem Haus, was soll denn jetzt werden. Und er hatte immer Fotos geschickt von dem Haus und gesagt, hier die Sessel, such dir einen Platz aus zum Sitzen, das wird dann dein Stammplatz. Naja, und dann kamen wir da an und sind die Treppe hoch, und dann waren die Gedanken unterbrochen auch.

Und dann stand Anna da in der Tür: Ah, ist es soweit? – und da war das erstmal wieder so ein bißchen verdrängt. Die haben sich ja gefreut, Gerd kam dann, und das steckte dann wieder so ein bißchen an, es wurde auch gleich wieder was aufgefahren, Essen und Trinken oder was. Aber dieses, dieses Absolute war weg. Es gab nie mehr einen Moment, wo ich total gelöst war.

Dann die Geschwister zum Bahnhof gebracht, die kaputten Strümpfe raus geholt, gewunken. Und uns geschworen, daß wir uns wieder sehn. Gerd hatte denen noch hundert Mark gegeben, Gerd ist doch so ein Christ und so menschlich. Nie mehr was gehört.

Und die hatten es doch alle gewußt. Das haben sie mir später auch gesagt. Und der Vater. Der Vater mußte Thomas schwören, daß er nichts sagt. Und der Vater hat mir später gebeichtet, wie schwer ihm das gefallen ist. Und ich habe ihm gesagt: Warum hast du mir das nicht gesagt? – Ganz hart hab ich das, ganz schonungslos, wie ich sonst gar nicht bin: Das hättest du mir sagen müssen, du mußtest mir das sagen. – Aber ich durfte doch nicht, ich durfte es nicht, ich mußte es ihm versprechen. – Und es gab so einen Moment, er war zurück von seinem Sohn und wir waren hin und wollten hören, und ich hab irgendwas gefragt und er ist raus. Und ich wollte noch mehr hören, und er ist raus, und ich hab gedacht: Jetzt geht er zu seinem Hund, dabei sollte er doch erzählen. Und er wollte es mir ersparen. Das, das wollte er mir ersparen. Und ich hab ja nun wirklich alle möglichen Kinder verkraftet und alle möglichen Frauen, aber das weiß ich, dann wäre mir das endgültig klar gewesen. Dann hätte ich genau gewußt, ich werde wieder alleine leben in einer Wohnung mit dir, und er wird irgendwann noch zu Besuch kommen gnädigerweise. Das kannte ich ja nun. Da wären wir da geblieben, das war klar.

Und zu Anna konnte ich nicht, ich hab gedacht: Du wußtest das doch genau. Ich fühlte mich so, so verarscht von allen, ich hab sofort gewußt, der Vater muß das gewußt haben, die Anna hat das gewußt, alle habens gewußt und ich komme hierher, was ist das überhaupt, was machen die hier mit mir. – Und dann hab ich an dich gedacht.

Ich hab dann gedacht: Ich schaffe das schon. Ich hab gedacht, ich kann dich vor der ganzen Welt beschützen, das habe ich gedacht. Und dieser Gedanke, irgendwie hast du eben doch dann uns beide.

Ich habe in Thomas K. niemals nur den Erzeuger sehen können – den Ausdruck hab ich dann bei der Unterhaltsklage das erstemal gehört – ich hab immer noch gedacht: der ist dir ein Vater. Und das ist überhaupt nicht wahr gewesen.

Und ich hatte auch Angst, ich wär bestraft worden, ich wußte, daß man ins Gefängnis kommt und du mußt dann weg von mir in ein Heim. Republikflüchtige sind Verräter und die werden bestraft, das ist doch klar. Nichts gegen zu sagen.

Und dann Karten geschrieben. Das hat mir meine Mutter später noch oft gesagt, nur Karten. – Liebe Mutti, ich bin hier und du wirst dich wundern, aber du konntest dir ja denken, daß das mal so kommt. Uns geht es sehr gut. Nun mach dir mal keine Gedanken, Irene. – Mehr konnte ich nicht.

Anna und Gerd hatten Besuch, die drei Tage vor dem Lager. Das war eine, die auch irgendwann mal geflüchtet war. Und wir sitzen beim Essen und da sagt die Frau zu mir: Na, da sind Sie aber wirklich froh, daß Sie jetzt endlich in der Freiheit sind. – Und die Anna guckt mich an und der Thomas. Die haben mich alle angeguckt, nur diese Frau hat das erst gar nicht gemerkt. Und ich konnte gar nichts sagen. Ich war oft sehr sprachlos. Ich kannte das ja alles theoretisch, wie die so über Freiheit denken und solche Sachen. Und jetzt war ich diejenige, die das persönlich sich so sagen lassen muß. Also ich weiß nur, daß sehr lange Schweigen war beim Essen.

Dann einkaufen gefahren in diesen drei Tagen. Ich hatte keinen Schlüpfer zum Wechseln, ich hatte kein Handtuch, keine Zahnbürste, nichts. Also wir los. Und wir kommen in das Kaufhaus rein das erste Mal, und ich sehe diesen Prunk und diese Massen an Sachen und diese Riesengeschäfte, die es bei uns nicht gab, ich war ja wie benommen, was da für ein Angebot war. Es war ja Theorie, ich wußte es schon, aber –. Und dann hab ich gedacht: Ach laß man, das dauert nicht lange, dann haben wir das auch.

Und ich mußte ja irgendwie ankommen, und dann hab ich gesagt: Ich muß hier drei Sachen machen. Ich möchte gern eine Bild-Zeitung haben, ich möchte gerne in so ein Striptease-Lokal und ich möchte in so einen Pornofilm. Und das gibts doch hier wirklich alles. – Und die natürlich gelacht. – Naklar. – Und das erste, was ich nun kriegte, weil am andern Morgen jemand Brötchen holte, war die Bild-Zeitung. Ich habe fast alles gelesen. Ich hab gedacht: Also es stimmt tatsächlich. Ich hab immer gedacht: Das müßten die mal sehen bei uns, die übertreiben wirklich nicht, das gibts also wirklich. Und dann war ich eigentlich zufrieden. Ich hab die Zeitung weg gelegt und gedacht: Ein Glück, daß es sowas bei uns nicht gibt. Ich hab da meinen Leuten endgültig geglaubt.

Und dann sind wir in so ein Striptease-Lokal gegangen, ins Eve, das weiß ich noch. Da stand Eve drüber und ich hörte überhaupt so viele englische Ausdrücke. Und das war alles so neu für mich und hat auf mich so einen Eindruck gemacht von Besserwisserei. So komisch weltmännisch kamen die mir vor, gar nicht natürlich. Ich hab das dann auch immer nicht verstanden und hab auch ein paarmal gefragt, aber die haben mich so mitleidig aufgeklärt, das hab ich dann sein lassen. Ich dachte: Ihr Ärsche.

Und dann in dieses Lokal. Anna hatte sich ein wunderschönes weites Kleid genäht, so ein leuchtendrotes Kleid, sie war ja hochschwanger. Und dann sind wir da hin. Und es gibt vielleicht auch ästhetischen Striptease, man kann das bestimmt auch schön machen. Aber das. Die begrabbelten sich da auf der Bühne und guckten auch noch runter dabei, und die Männer alle guckten ganz geil da hoch. Nee, war das widerlich.

Und die sagten denn immer wieder: Du wolltest doch noch einen Film gucken. – Nee, sag ich: Hört auf, hört auf. – Und irgendwann sagte dann Anna mal: Ach wir müßten mal ins Kino gehen. – Ich sag: Ja Anna aber bitte bitte einen schönen. Gibts auch schöne? – Ich hab gedacht, die wollen mich überlisten, daß die mich da jetzt rein schleppen. Und gesagt: Anna tu mir einen Gefallen, ich will nicht mehr. – Nein, sagt die: Wirklich, ich würde da auch nicht hin gehn. – Ich sag: Aber wirklich, schwör mir das. – Ja, da kannst du dich drauf verlassen, ganz bestimmt. – Das war dann Mary Poppins.

Einmal hab ich in so Zeitschriften rumgeblättert und gesagt: Oh Mensch guck mal, hier ist eine Reklame drin mit Fa-Seife, habt ihrs gesehn, die müßt ihr kaufen, die wird so empfohlen. – Da hat die Anna mich ganz mitleidig angelächelt und hat gesagt: Das steht für jede Seife. – Da hab ich gesagt: Wieso? – Das hab ich nicht kapiert. Entweder sind sie nun alle gut, dann braucht man das doch nicht rein schreiben. Ich war irritiert. Na, die haben nur nachsichtig gelächelt.

Es waren so viele Gespräche, wo Anna, Gerd oder Thomas mich verbessert haben. Und mit dem Wort drüben bin ich überhaupt nicht zurechtgekommen. Drüben, das war Westen. Und die alle denn immer: Du, es heißt nicht mehr: bei uns. Du bist jetzt hier. – Aber das hat Jahre gedauert.

Daß ich im Unterricht gesagt habe: Wenn Sie keine Zeit haben, dann müssen Sie eben Ihren Haushaltstag dafür nehmen. Ach so. – Oder: Mensch geht doch mal mit den Bänken ein bißchen anständiger um, ist immerhin Volkseigentum. – Und die mich angeguckt haben.

Einen Tag sind wir bei Annas Eltern gewesen in einem Dorf, die besitzen eine Apotheke. Und da hab ich den Thomas bei einem Gespräch überrascht, wo es darum ging, daß er die gleichen Büsche auch in seinem Garten haben möchte. Er findet die so schön. Und das hat mich so daran erinnert, daß er gar nicht zu mir, zu uns gehört. Und was die für Sorgen hatten auch. Da mit ihrem Garten, allein dieses Haus, ein großes, helles Haus im Hochsommer mit so wenig Menschen nur drin, viel zu groß für die. Ich hab gedacht: Wie machen die das, was sind das für Menschen. Und die Mutter von Anna erzählte, sie mache einen Yoga-Kurs. Und ich hab gefragt was das ist. Und sie sagte: Wir machen da Atemübungen und Körperübungen. – Achso, sage ich: Gymnastik. – Och, das Lächeln erstarb auf ihren Lippen. Später hab ich dann erfahren, was da noch so dranhängt, dieser gewisse Glaube da. Mein Gott, hab ich gedacht, so ein Wort für das, was ich schon jahrelang mache. Es war eine eigenartige Atmosphäre.

Es war alles neu, immer waren Leute um mich drumrum, und ich war ja auch immer nur Besucher, ich war ja nicht zuhause. Es war ja nur Trubel. Und wir waren zwar immer zusammen und haben auch Spaß mal gehabt irgendwie, ich hab mich mit Anna auch geduzt und wir haben auch einmal zusammen gesprochen. Haben in der Küche gestanden, es waren auch immer nur so Minuten beim Kochen, wo wir mal alleine waren. Und da hab ich sie gefragt, wann die Sonja entbindet, wie weit das ist. – Ja, das muß in den nächsten vierzehn Tagen sein. – Ich hab ihr leid getan, das hab ich gesehn. Sie sagte: Ist alles beschissen, nicht?

– Ja.

Und wir haben ja auch zusammen geschlafen diese Nächte. Da hab ich dann geweint. Endlich.

Und der Fahrer hatte uns gesagt, wir müssen in dieses Aufnahmelager. Und wir können seinen Namen nennen, aber nicht das Wie. Und hat uns allen eine andere Geschichte erzählt, jedem ein anderes Datum, wir brauchten ja nicht sofort hin. Ich hab also gesagt Erster Sechster, dabei wars vier Tage später. Du hast nämlich im Kindergarten den

Kindertag noch mitgemacht, da hab ich noch gedacht, das ist für dich ein schöner Abschied, der war noch so schön, ihr habt Girlanden gebastelt und die zu zweit getragen und einen Umzug gemacht. So durch die Straßen gegangen. Erinnerst du dich?

Gerd hat mir vorher gesagt, es gibt Flüchtlingsausweise, und: Du hast Vorteile, wenn du einen Flüchtlingsausweis hast, kriegst Unterstützung, kriegst einen Ausgleich, Vorteile bei Steuern, bei der Wohnungssuche und so. Und den kriegst du natürlich nur, wenn du politischer Flüchtling bist. – Gerd, ich bin kein politischer Flüchtling. – Und das konnte der nicht fassen. Sagt er: Du bist dumm, also deine Ehrlichkeit alle Achtung, aber damit erreichst du nichts, dann kriegst du diesen Ausweis nicht. – Dann krieg ich den eben nicht. – Thomas hat die Hände überm Kopf zusammen geschlagen. Und Anna, die seh ich immer nur so vor sich hin gucken und den Kopf runter. Gerd und Thomas immer: Du brauchst bloß ein bißchen auf die Zone zu schimpfen, du brauchst bloß ein bißchen sagen, es hat dir alles bis hier gestanden, das ganze Politische.

Ich sag: Ohne diese Reden, schicken die mich vielleicht zurück? – Ach, die schicken keinen zurück. – Ich hatte eben vor dem Gefängnis auch Angst.

Und nach diesem ersten Wochenende bin ich also in dieses Lager gefahren. Ohne dieses Lager kriegt man keine Aufenthaltsgenehmigung für die Bundesrepublik und ohne Aufenthaltsgenehmigung keinen Paß. Und du warst im Kindergarten, wo die Schwester von Anna arbeitete. Und Thomas hatte sowieso was zu tun da in der Gegend, und da fuhren wir dann also los. Und die Fahrt hat ungefähr vier Stunden gedauert und wir haben so gut wie nichts gesprochen. Es war das erstemal, daß wir richtig alleine waren, außer nachts eben. Und ich fand einfach keinen Anfang. Wir haben uns sonst nur über belanglose Sachen unterhalten gehabt. Und dann hab ich gesagt: Wie lange hab ich mir das gewünscht, mit dir hier so zu fahren. – Und da sagt er: Und ich erst.

Wir hatten da angerufen, daß ich komme. Und das hab ich nachher erfahren, das hätte man gar nicht brauchen. Also man kann da völlig ohne was hin, weil viele ja da gar keine Verwandten haben. Und ob ich Dienstag kommen könnte. Und dann haben wir gedacht, dann fahr ich schon Montag hin, damit ich pünktlich bin. So ein Quatsch auch. Naja. Und dann hat Thomas mir ein Hotelzimmer besorgt und ist weg gefahren. Und wir haben uns verabschiedet, so komisch wieder, ganz zurück haltend.

Also durch diese drei Tage hatten wir doch schon allerhand von einander kennen gelernt. Ich hatte mehrere Male nun schon erzählt, daß ich eben nicht aus politischen Gründen gekommen bin. Ich hab immer betont, ja ja wegen Thomas. – Aber politisch sind Sie doch auch –? – Sag ich: Nein. – Das war für mich selbstverständlich. Und die warn natürlich immer pralle, still waren die. Und das war eben mehrere Male, und Thomas eben, Thomas hat das auch nicht gedacht. Dieser Abschied war kühl.

Na, und er war weg, und da hab ich gedacht, ich geh noch zum Frisör, damit ich da ordentlich ankomme. Naiv! Ich hatte da auch bloß so eine kleine Tasche mit einmal Wäsche wechseln, soviel Gepäck hatte ich ja nicht. Und das war so eine Pension mit Frühstück und da stand dran Hotel Garni. Und ich hab gedacht, das klingt richtig italienisch, das ist ein Italiener. Ich wußte ja nicht, daß man Hotels mit Frühstück Hotel Garni nennt, ich dachte das ist der Inhaber. Und da hat der Thomas auch wieder so, ich bin ein bißchen doof, was ich alles nicht weiß. Und die Leute da drin warn auch so, alles so fremd.

Ich war eben so offen, auch. Noch.

Und am andern Morgen da hin, und ich war sehr aufgeregt. Mich da gemeldet, stellte mich vor bei dem einen Mann, sagte: Guten Tag, ich bin Irene Binz, komme aus M. –

– Ach, sagt der: Da bin ich auch her. Was ist denn so in M. – hat er mich so ausgefragt: Wie sieht es denn da so aus jetzt. Ist da schon gebaut.

Der war freundlich. Und ich so ein bißchen erzählt. Und er schickte mich weiter zu irgendeiner Schreibstube und sagte so, als ich weg ging: Naja, vielleicht sehn wir uns mal wieder in M., wenn die Zeiten anders sind. – Sag ich: Jawoll, Sie als Bürgermeister und ich als Oberschwester. – So ein bißchen rumgeflachst. Er meinte das politisch sicher ganz anders mit den Zeiten.

Aber irgendwie freust du dich, wenn da einer nach M. fragt.

Und dann den Schlüssel gekriegt und die Zimmernummer gesagt. War ein Riesengebäude, also da paßten Hunderte rein. War aber bei weitem nicht alles belegt. War wenig Betrieb.

Ich mußte eine Woche da bleiben. Es ist üblich, daß man nach zwei drei Tagen fertig ist. Bei manchen ging es noch schneller. Und da waren mehr, die in einer bitteren Stimmung waren. Beim Essen haben wir uns denn ausgetauscht. Viele haben auch wirklich geschimpft, ich hab immer gedacht: Auf euch können wir auch verzichten. – Aber es warn auch andere da. Und der eine sagte beim Essen ganz sarkastisch zu mir: Ach Sie sind neu hier, – oder ich glaub wir haben uns auch geduzt. – Du bist neu hier, darf ich mich vorstellen, ich bin Meier von der Kreisleitung der FDJ in Sowieso. – Sag ich: Ich bin Binz, Bezirksleitung der FDJ in M. – Und dann haben wir so kurz gelacht.

Und es hieß meinetwegen, dann und dann in diesem und jenem Zimmer. Und man saß da, und es saßen noch mehrere, die in ein anderes Zimmer wollten oder auch in das. Und dann kam man rein, das war ein Bürozimmer so mit Schreibtisch und Regalen. Vorgestellt hat sich keiner, ich wußte also nicht, mit wem ich da spreche. Es hieß eben zu Anfang, das Aufnahmeverfahren dauert zwei bis drei Tage. Und nun mußte ich jeden Tag wieder meine Geschichte erzählen.

Als sie das erste Mal von der Zone gesprochen haben, war ich still. Aber dieses Verfahren, das war so erniedrigend, die ganze Atmosphäre war so mit Abstand. Man war so ein kleiner Bettler, der nun hier bleiben durfte, so kam ich mir vor. Das war so schlimm, daß ich immer dachte, also morgen läßt du dich nicht mehr so behandeln, das hältst du nicht aus, das hast du nicht nötig. Andererseits aber hab ich gedacht: Wenn du zuviel sagst, schicken sie dich vielleicht zurück und dann gehst du ins Gefängnis. – Ich war sehr eingeschüchtert. Wußte eben auch gar nicht, mit was für Leuten ich da rede.

Das einzige, was ich mich immer getraut habe, war, ich hab sie verbessert, oder hab so ähnlich geantwortet. Also zum Beispiel: Ja, Sie sind also vorgestern aus der Ostzone gekommen. – Und da hab ich gesagt: Ja, seit zwei Tagen bin ich in der Westzone. – Dann haben die mich angeguckt.

Haben mich auch nie verbessert, nur groß geguckt. Das war für mich aber gut, das Gefühl. Meine kleine Gegenwehr.

Es war so demütigend. Unsagbar demütigend.

– Ja, einen Sohn haben Sie noch, aha, hm, na ist ja schön, daß der jetzt hier aufwachsen kann.

– So, finden Sie das?

– Ja, das ist doch, ja wie stehen Sie denn politisch?

Ich sag: Wie soll ich stehen, ich bin nicht aus politischen Gründen hier.

– Ja, das steht hier zwar im Protokoll, ich hab das schon gelesen, aber das kann doch nicht ganz stimmen. Da kann man sich doch nicht wohl fühlen, ich möchte da nicht leben.

Ich sage: Aber ich habe da gelebt, ich habe da sehr gut gelebt.

– Ja, waren Sie denn da politisch tätig?

– Ja sicher, ich bin in der SED gewesen.

– Nein.

– Ja sicher.

Einmal sagte einer: Sagen Sie mal, können Sie mir beschreiben, wie der Bezirksvorsitzende der FDJ aussieht?

Ich sage: Wieso wollen Sie das wissen?

– Ja wissen Sie, wir intressieren uns für alle Dinge und es wäre mal sehr intressant.

Ich sage: Der ist doch so oft abgebildet in Zeitungen und der Name, das ist doch alles kein Geheimnis, der sitzt doch nicht irgendwo da versteckt.

– Ja, aber wir möchten es nochmal hören.

Und da hab ich gesagt: Das ist eine sehr sympathische Erscheinung, dunkle Haare, sehr sympathisch, tritt auf, hat ein festes politisches Bewußtsein.

Und er: Ach, der ist wohl Kommunist?
Also die wußten überhaupt nicht, was los ist.

Einen Tag kam ich von einem Verhör wieder und war dermaßen fertig, ich wollte bloß in mein Zimmer und mich aufs Bett schmeißen. Und da war die Zimmertür zu. Und ich hatte den Schlüssel stecken lassen, da wurde tagsüber nicht abgeschlossen. Und ich sah die Reinemachefrau und sage: Haben Sie einen Schlüssel für das Zimmer, das ist ja zu. – Ja, sagt sie: das eine will ich Ihnen mal sagen, Sie haben heute morgen die Stube nicht gefegt, also sehen Sie zu, wo Sie bleiben. – Ich war wie vor den Kopf gestoßen. Und ich zurück in diese Büros, ich war total aufgelöst, ich hab da richtig rumgeschrien. – Man wird hier vernommen und behandelt wie ein Verbrecher und dann kann man nicht mal in sein Zimmer rein, bloß weil ich heute morgen keine Zeit mehr hatte oder nicht wollte und vorher ausgefegt habe. Das ist unmöglich, die läßt mich nicht rein. – Ich hab da die Beherrschung verloren. Und da saßen noch drei vier Leute an verschiedenen Schreibtischen, die haben mich alle bloß angeguckt, und ich muß den Eindruck gemacht haben, als wenn ich gleich um mich schmeiße mit Sachen. Und einer mich da beschwichtigt: Das geht in Ordnung, ich rufe an, gehen Sie rüber, da ist auf. – Und so war es dann auch.

Es ging immer wieder von vorne, die ganze Woche, immer wieder, immer wieder dasselbe. Was ich beruflich mache ganz genau. Wie die Ausbildung ist ganz genau. Da hatte ich nun nichts zu verheimlichen, im Gegenteil, das durften sie gerne wissen. Ich hab da alles genau erzählt. Und die waren irritiert einfach. Und ich, alles was ich weiß, wird in der Öffentlichkeit besprochen in der DDR. Ich bin ja kein Geheimkader gewesen. Und sie können es sehr gerne wissen, wie wir arbeiten.

Dann wieder: Ja, was haben Sie denn da so gemacht auf diesen Bezirksversammlungen. – Na, sage ich, was man so macht, man legt Pläne fest, man hört sich Berichte an von den einzelnen Abteilungen, versucht es besser zu machen. – Ach Gott, was ist da besser zu machen? – Die haben sich manchmal halb tot gelacht. Den einen hab ich mal so haßerfüllt angeguckt, sein Lächeln erfror so richtig. Am liebsten hätte der mir wahrscheinlich eine gescheuert. Ich war jeden Tag so fertig.

Einmal wollte ich nicht Essen gehn. Und eine Familie war so nett. Die haben denn gesagt: Mensch, da müssen wir eben durch, los, und jetzt gehen wir essen, ablenken. – Und ich sag: Nein, ich kann hier nicht essen und ich will nicht, ich leg mich jetzt ins Bett. Aber die haben mich dann gezwungen, ich bin dann mitgegangen. Und dann hab ich geheult unterwegs. Eh wir dann in den Eßsaal kamen, hab ich mir das Gesicht abgetrocknet, hab immer gefragt, seh ich verheult aus, naja. Ach, das war alles –.

Und zwischendurch hab ich mal den Fahrer angerufen, der hatte gesagt, wenn noch was ist, wir sollen anrufen. Und ich hab da immer diese einstudierte Geschichte erzählt, das war das einzige, wo ich gelogen habe. Und da hatte ich irgendeine Kleinigkeit vergessen, hab gedacht: Wenn die das jetzt gefragt hätten, da hätte ich gar nicht gewußt, was ich da hätte sagen sollen. Es war was Unwesentliches. Und der war ganz nett am Telefon, sagt: Wie läufts denn sonst? – Und: Halten Sie die Ohren steif, irgendwann ist es ja zuende. Wollten die denn schon meinen Namen wissen? – Ja, die haben gefragt. – Naja, sagt er: die kennen mich schon.

Und irgendwann warn plötzlich die beiden Geschwister da. Ganz kurz nur, zwei Tage knapp. Wir haben uns fast noch gestritten, weil die sagten: Du bist ja dämlich, ein bißchen schimpfen, das macht doch nichts. – Na und die hab ich dann zum Tor gebracht, zum Ausgangstor. Und da haben wir ein Abschiedslied gesungen, irgendein FDJ-Lied, ich glaube Du hast ja ein Ziel vor den Augen. Das war schön.

Und da war so ein Nachbarhaus, da wohnten Ausländer drin, und der eine, der hat mich mal angesprochen wegen irgendwas. Und der hatte noch seine Kumpels da, und: Komm mit spazieren. – Irgendwie so in einem gebrochenen Deutsch. Und da sind wir durch so ein Kornfeld gelaufen, über einen Acker, es war ja Sommer. Plötzlich einfach ein Kornfeld, weißt du.

Und eines Tages, eines Tages wurden sie sehr höflich. Sagten zu mir: Heute fahren wir Sie zu einem Kollegen, und dem erzählen Sie doch bitte nochmal. – Fuhren mich in einem Auto durch die Stadt, wir gingen in ein Haus, darin ein Raum mit einem Mann, der mir gleich was zu essen anbot. Und der sagte zu mir: Sagen Sie mal, da auf dem Gelände, wo Sie gearbeitet haben, da gab es doch auch Forschung. – Ich sag: Ja, aber da hatte ich gar nichts mit zu tun. – Und der ließ sich aber nicht beirren und ließ sich von mir die genaue Lage beschreiben und das wußte ich ja noch, und wer da arbeitet und woran, und das wußte ich überhaupt nicht. Und der bohrte und ich wußte nichts, und schließlich hat er mich entlassen, und ich stand vor der Tür. Zurück durft ich dann gehen, zu Fuß.

Jedes Gespräch endete ungefähr: Na sie müssen es wissen und morgen melden Sie sich da und da. – Und das jeden Tag. Meine Papiere waren immer die selben, das hab ich gesehn, das wanderte immer mit. Ja, und irgendwann sagte einer: Also hier ist alles erledigt, und hier haben Sie Ihre

Papiere. – Es war kein besonderes Gespräch mehr, irgendjemand hatte wohl einfach die Nase voll. Irgendwann war einfach alles erledigt: Holen Sie sich Ihr Geld aus der Kasse, hier ist die Bescheinigung, Sie können morgen nachhause fahren.

Und ich hatte Angst. Hatten die mich beobachtet, als ich mit dem Fahrer telefoniert hatte? Ließen die mich beobachten, weil ich nicht auf zuhaus geschimpft hatte?

Und ich konnte nicht anrufen bei Anna und Gerd, weil ich hätte nur geheult und dann hätt ich mit dir sprechen wollen und das hätte ich dann nicht gekonnt. Ich war einfach nicht stark genug. Und ich sitze am nächsten Tag im Zug und bin froh, daß ich nun weg bin und eine Bescheinigung in der Tasche und ein bißchen Geld, und ich steige aus, da steht der Thomas da mit einem Blumenstrauß, und der Gerd. Und die konnten ja gar nicht wissen, daß ich komme, und ich sofort gedacht: Jetzt ist ihnen das peinlich, daß ich ihn hier erwische, und der hat irgendeine Verabredung. Und ich war so erschrocken, und die beiden auf mich zu und: Hallo!, und: Willkommen!, und der Gerd: Wir wollen dich abholen. – Und ich hab das nicht geglaubt, ich hab gesagt: Woher wißt ihr denn das, daß ich jetzt komme? – Ja, sagt der Gerd: Commander X. – Sag ich: Was ist das denn? – Hatten die Bescheid gekriegt? Du, ich war dermaßen durcheinander, ich hab ja die ganzen Tage immer nicht gewußt: Was passiert hier? Was machen die mit mir? Und ich frage es mich immer noch.

Und die hatten also angerufen da und erfahren, ich komme dann und dann, und mich abgeholt. Und wir kamen nachhause und ich habe alles erzählt und sie haben mich für verrückt erklärt. Der Gerd sagt: Das habe ich gewußt, du kriegst das nicht fertig. – Der Thomas sagt: Du bist doch dämlich. Ist die dämlich, hat er bloß immer dagestanden: Ist die dämlich. – Naja, war ich eben dämlich.

Und Thomas war nur einen Tag da, und ich mußte also Wohnung suchen. Und so mußte ich zum Beispiel kennen lernen, was Maklerbüros sind. Und daß man kaum eine Wohnung kriegt ohne ein paar tausend Mark Mietsicherheit. Ich bin ja von einer Ohnmacht in die andere gefallen.

Und die Mutter von Gerd arbeitete auf dem Sozialamt, da brauchte ich dann nicht so lange zu warten. Die war zuständig bei Scheinen für Berufskleidung. Als mittelloser Ostdeutscher kriegte ich diesen Schein. – Und ein Jahr später bekomme ich plötzlich eine Aufforderung, ich soll das Geld zurück zahlen. Und das war mir dann peinlich, ich sag zu Gerd: Das wußte ich ja nicht, daß ich das zurück zahlen muß, das hätte ich doch längst gemacht. – Doch, sagt er: das hast du gewußt, das hast du bloß vergessen. – So ein bißchen vorwurfsvoll. Andererseits hab ich auch gedacht: Ist das nun eine Unterstützung oder ist das keine? Auch blöd, kam ich mir wieder wie der letzte Dreck vor.

Und in den Krankenhäusern immer: Ja, Papiere. – Ich war zum Arbeitsamt, das war so neu alles und so abstoßend. Von einer gelösten Stimmung kann also absolut nicht die Rede sein. Und Stellen waren offen, aber ich hatte keine Papiere. Ich konnte überall es nur sagen. Aber die waren abweisend dann. Es hieß immer: Ja denn kommen Sie wieder, wenn Sie die haben.

Bis dann nach drei Wochen Gerd auf die Idee kam, da gibt es eine Stelle bei der Regierung, melde dich doch da mal, da kannst du vielleicht eine eidesstattliche Erklärung abgeben, damit die Krankenhäuser das dann eher glauben. Und so war es dann tatsächlich.

Das einzige, was für mich Glück war, dich so früh wie möglich aus dem Kindergarten holen. Ich hab dich da weiter hin gebracht, damit ich meine Wege erledigen konnte. Bis irgendwann Anna gesagt hat: Laß ihn doch ruhig da noch essen, hol ihn doch nicht so früh ab, er hat doch da seine Ordnung. – Und da hab ich kapiert, ihr gings da gar nicht gut, sie war ja hochschwanger, und der Thorsten war noch klein. Aber ich war eben auch so, wenn ich kam von meinen Wegen, dann war ich so geschafft, ich bin doch überhaupt nicht auf die Idee gekommen, Anna ein bißchen zu helfen im Haushalt. Ich hab da gesessen und hab vor mich hin gestiert. Immer gesagt: Was soll denn jetzt werden, wieder nichts, wieder keine Stelle und wieder keine.

Irgendwann kam ein Anruf und Anna sagte: Ja gut, ich bestelle es ihr. – Und sagt: Thomas hat angerufen. Es ist eine kleine Elke geboren.

Und eines Tages sagte Gerd zu mir: Weißt du, Irene, ich will dir ja nicht zu nahe treten, aber hilf doch mal der Anna ein bißchen, sie mit ihrem Bauch, könntest du nicht mal Fenster putzen? – Jaklar. – Und es war mir unheimlich fatal, daß ich nicht selbst drauf gekommen bin. Aber ich war einfach zu sehr mit mir beschäftigt, und mit dir.

Wenn du da warst, hab ich mit dir gespielt, also mit Thorsten dann auch. Aber sonst einfach gelähmt, und irgendwo haben sie es ja auch verstanden.

Und da hörte ich ein Gespräch, da hat die Anna zu dem Gerd gesagt: Du, ich muß am Wochenende mal ausspannen, ich fahre zu meinen Eltern. – Und da bin ich dazu gekommen und sie haben gemerkt, daß ich das jetzt gehört habe, und wollten mich natürlich beschwichtigen, und ich habe gesagt: Nein, ich ruf jetzt Thomas an, da muß er uns ein paar Tage im Hotel unterbringen. – Und dann hab ich das gemacht, und er kam wirklich am selben Tag. Er hat gemerkt, daß es ernst ist. Es waren ja nun auch vier Wochen.

Thomas war zwischendurch immer mal da, und wir haben telefoniert. – Ich hab noch nichts gefunden. – Ja ich auch nicht. – Und er kam und hatte eine Pension gefunden, und ich habe gepackt. Alle haben das kapiert, wir haben uns gut verstanden, es war nicht irgendwie mit Vorwürfen oder so, nur es mußte sein. Und dann haben wir dich abgeholt und es kam ja für dich auch ganz plötzlich, und Thomas hat die Rechnung bezahlt. Ich hab gedacht, ich werde verrückt. Das waren vierhundertundnochwas Mark. Ich hab erst gedacht, die hat sich versprochen.

Und einmal noch war der Gerd mit mir zu irgendeinem Amt gefahren. Und da hat er gesagt: Das ist die letzte Chance, stell den Antrag auf Flüchtlingsausweis, hier kannst du es nochmal. – Ich glaube, es war wegen einer Sozialwohnung. – Wir gehen wenigstens hin, sagte er dann, da hatte er immer noch die Hoffnung, wenn ich da am Schalter stehe und die Formulare ausfülle, daß ich in meiner Verzweiflung nun doch das Kreuz an der richtigen Stelle mache. Und der steht neben mir, guckt zu, wie ich den Schein ausfülle, und ich habe eben wieder kein Kreuz gemacht. Und ich sehe den noch sich abwenden und ich komme auf ihn zu und sage: Wir können fahren, die Sache ist erledigt. – Und da sagt er: Du bist aber auch eine. – Er hat mich auch in den Arm genommen. Also die haben mich schon irgendwie bewundert, haben sie mir auch später erzählt. Daß ich eben nicht gelogen habe.

Die Frau da hatte mich gefragt, als ich diesen Schein da abgab: Sie haben hier gar nichts angekreuzt bei politischer Flüchtling.

– Ja, ich bin kein politischer Flüchtling. – Ja aber jeder ist doch politischer Flüchtling.

– Nein, ich nicht. Ich bin privat hier.

Und Thomas hatte uns also angemeldet, und wir waren in dieser Pension, und da war so eine Ruhe da. Nur dieses Haus, weit und breit Wald, wir sind viel spazieren gegangen, haben Blaubeeren gepflückt, jeden Tag dazu Milch geholt, das war unser Mittag. Und da hat der Thomas uns als erstes ein Fahrrad gekauft, und da sind wir immer in die Stadt rein, das Haus lag so drei vier Kilometer außerhalb. Und ich weiß noch, eine Tour war immer schön bergrunter und der Rückweg, da mußten wir oft absteigen.

Und dann war diese Minimode. Bei uns war die Mode ja immer ein paar Jahre später, und hier kriegte ich nur ganz kurze Sachen. Und ich geh sowieso nie doll mit der Mode, tu mich immer schwer mit umstellen. Und da mußte mir Anna aus einem Kleid zwei Zentimeter Saum raus lassen. Ich hab dadrauf bestanden. Es war gar kein Unterschied, aber sie hat sich an die Maschine gesetzt und das für mich gemacht. Und auf dem Fahrrad hab ich meistens eine Hose angezogen. Aber die hing dann auch mal auf der Leine und da mußte ich einen Rock anziehen. Ich hatte das Gefühl, jeder Mensch kann da drunter gucken und die tuns auch. Und dann hat die Stadt angefangen, und da hab ich dann geschoben.

In der Zeit hatte ich auch Geburtstag. Und wir hatten uns einen Tag vorher verabschiedet und er sagte: Also dann bis morgen, dann komme ich natürlich. – Und er kam nicht. Ich hab gewartet. Und auf einmal kam über Fleurop ein riesengroßer Blumenstrauß, rote Rosen. Und ich hab mich gefreut und hab gedacht: Er kommt dann sicher nachher. – Und dann hab ich mir auf einmal überlegt, es wurde auch immer später: Wieso eigentlich Fleurop? Das muß er doch gestern schon bestellt haben. Also wußte er doch, daß er nicht kommt. – Und dann hat er auch noch angerufen, sein Auto wäre kaputt. Und da habe ich gewußt, warum. Es war nämlich Sonntag, und was sollte er da Sonja sagen. Und da mußte das Auto her halten. Und ich hatte die Frau gebeten, ob sie uns Kaffee macht, ich hätte Geburtstag und kriege Besuch. Und dann haben wir mit denen Kaffee getrunken. Die haben nicht viel gefragt, die haben sich sehr gut verhalten. Die haben sich ihren Reim gemacht.

Und dann sind wir nochmal umgezogen, weil die so teuer war. Und die nächste war dann auch viel einfacher. Dieses ewige Umziehen auch. Wie ich mir da vorkam.

Und da war dann noch ein Kurgast, ein Arzt mit einem Herzinfarkt. Und der wollte mich dann eines Abends mit in sein Zimmer reinnehmen. Wir mußten so diesen Gang lang und hatten uns so verabschiedet und da sagt er: Ach kommen Sie doch noch ein bißchen zu mir. – Ach nee, denk ich: Kleiner, nee nee. – Und manchmal bin ich ganz früh aufgewacht und bin hinters Haus gegangen auf die Wiese und hab meine gymnastischen Übungen gemacht. Und irgendwann sagte er dann noch mal: Ach, ich hab Sie beobachtet. – Ohgott, denke ich. Ich hatte immer gedacht, die schlafen alle noch. Hab ich das natürlich nie wieder gemacht. Hat er mich angehimmelt, in meinem Badeanzug hopse ich da durch die Gegend.

Die Frau in dieser Pension, die hat immer gesagt: Ja, das weiß ich, daß die Bratkartoffeln schmecken, mein Mann sagt immer, ich mache die besten Bratkartoffeln der ganzen Welt. – Die hatten auch zwei Kinder, mit denen hast du auch gespielt. Das war schön.

Und dann hattest du Geburtstag. Da wurde auch für uns so ein kleiner Tisch gedeckt, und sie hat uns ein Stück Kuchen hin gestellt. Gäste hatten wir ja nicht.

Und ich wollte dir so gern was schenken. Ich hatte doch kein Geld. Das war nun der erste Geburtstag mit dem Papi zusammen, er wollte kommen, und das sollte nun das Erlebnis werden. Er hatte vorher gesagt: Ich besorge was. – Aber ich. Und da war grade Jahrmarkt auf dem Dorf da, und da war so ein Stand, wo so Luftballons hängen, da hab ich dir son Plastikkram gekauft. Du hast dich sehr gefreut da drüber. Es waren so Sachen, die nach ein paar Tagen kaputt waren. Und da kam dann auch Thomas.

Einmal hatte die Anna mich gefragt: Was schreibst du denn so? – Und ich: Na daß es uns gut geht natürlich! – Ich hab immer geschrieben, es geht uns sehr gut, und jetzt sind wir endlich zusammen. Und es dauert aber alles noch eine Weile. – Ich mußte ja die Adresse angeben, ich wollte ja auch mal Post haben. Und sie wußten doch alle, wo Thomas wohnt. Also hab ich die Geschichte erfunden, er will das Haus verkaufen und ist auf Suche. Lange, lange hab ich irgendwas erzählt. Das wurde denn auch immer unwahrscheinlicher bestimmt. Ich hab immer geschrieben, er ist jeden Tag bei uns. Die fanden das alle eigenartig, daß wir nun noch immer nicht zusammen wohnten. Und wir haben dann Fotos gemacht und jedem geschickt, glückliche Familie.

Ich hab immer gewartet, daß ich Post kriege. Andererseits, die Briefe waren so erschrocken immer: Mensch, wie geht es dir? Bist du auch wirklich glücklich? Wenn du glücklich bist, ist es ja gut. – Meine Mutter, meine Schwester: Hauptsache du bist glücklich. – Ich hab es ewig nicht fertig gebracht, wirklich was zu schreiben.

Ich hab sie irgendwann mal alle weg geschmissen, die Briefe. Ich hab sehr an ihnen gehangen. Aber ich hab jedesmal geheult, wenn ich die gelesen hab, und eines Tages hab ich sie weg geschmissen, alle. Das war so eine Quälerei immer, daß die da lagen. Das hat mich immer wieder zurück geworfen.

Einmal hat die Mutter von Gisela was drunter geschrieben, unter einen Brief. Sie betet für mich, und ich soll es doch auch mal versuchen. – Es war so lieb. Und Erika, ach Erika in ihrer Art. Du liebe, gute olle Irene, wie gehts Dir du Kleines. Ich hab kein Geld mehr, was machen wir nur, keiner ist da, der sich das Geld mit mir teilt. – Da mußte ich immer lachen, das war schön. – Wie kannst du mich alleine lassen? Hat sie natürlich auch mal geschrieben. Du bist mir eine.

Wenn irgendwer abgehauen ist, kommt vom Rat der Stadt jemand, schätzt die Sachen ab preislich, dann kommt ein Zettel dran und dann kann zu einem Termin jeder hin gehn und sich was kaufen. Und Erika ist da hin. Hat auch noch ein Federbett gekriegt, ohne Geld, hat gesagt: Das gehört mir. – Und es gehörte aber meiner Mutter. Und dann hat sie sich noch so Sachen gekauft, was sie immer schon schön fand, ein bulgarisches Geschirr, was ich jetzt auch wieder hab in der Art. Ja, und dann hat sie auch die Fotoalben gesehn und hat gesagt: Ach gucken Sie mal – diesem der das geleitet hat –, das nimmt doch keiner, die möcht ich haben, ich kenne nämlich die Leute alle und ich war doch befreundet. – Hat sie alle mit genommen. Ist zum Vater gefahren und der hat mir die dann mit gebracht, als er das erstemal kam. Da macht der seinen Koffer auf und hat mir alle Fotoalben mitgebracht.

Wer es überhaupt gemerkt hat, weiß ich nicht. Jedenfalls sind Arbeitskollegen vernommen worden. Aber die wußten ja nun alle Mann nichts.

Und da ist wohl auch mal der Name Paul G. gefallen. Erika hat mir später erzählt, sie hätten genau gefragt, ob ich Westkontakte gehabt hätte, und ob ich den Paul oft gesehen hätte. Und sie wußte ja nur, daß ich ihn eben sehr lieb gehabt habe. Wenn ich mir vorstelle, daß der da vielleicht Schwierigkeiten gekriegt hat durch mich, daß er jetzt vielleicht nicht mehr ins Ausland fahren darf. Das verfolgt mich.

Auch die Nachbarn haben wir ja dann wieder gesehn. Du hast ja immer da Sandmännchen geguckt, und wir haben mal Karten gespielt. Durch den Fernseher eben waren wir öfter bei denen, die hatten auch Teppiche und so, gemütlicher. Die haben immer gesagt: Ach, kommen Sie man rüber. – Ich hatte nur die nötigsten Sachen. Wir habens auch gemütlich gehabt, aber so Luxussachen, da hab ich immer gedacht: Das lohnt sich ja nicht.

Und die Kripo hat sie gefragt, ob sie einen Schlüssel haben. Da haben die das erstmal mit gekriegt, sind aus allen Wolken gefallen. Und die Schule war ganz froh, was ich später gehört habe, daß ich also alle Mitgliedsbücher da hin gelegt habe. Daß man sie gleich sieht, mein Parteibuch, Gewerkschaftsbuch, FDJ-Mitglied. Was ich alles war.

Und dann diese Pension. Es war doch ziemlich teuer. Und ich allein. Und wir geguckt nach Wohnungen, wo schon Möbel drin sind. Obwohl, die Frau da war sehr nett eben, ich konnte da die Wäsche aufhängen und die hat mir Klammern gegeben, also die war sehr nett.

Und ich konnte mich ja nie aussprechen. Thomas war ja überhaupt der einzige Mensch, den ich kannte. Ich konnte doch nicht weg.

Und denn haben wir uns eine angeguckt. Das war alles sehr bescheiden und ein riesiger Schritt zurück, wir hatten ja eine Neubauwohnung in M., aber naja. Wir haben natürlich zugegriffen. Zweihundertfünfzig Mark für so alte Möbel, nee. Das hat ein Rechtsanwalt vermietet, der hat sich was getraut. Das waren zwei Zimmer, und in dem einen war hinter einem Vorhang ein Spülbecken und ein kleiner Elektroherd. Und in dem Zimmer war ein Klappbett, auf dem hast du geschlafen, und wenn Thomas da war, hab ich mit ihm auf dem Schäselong geschlafen in dem andern Zimmer. Und es war irgendwie auch egal, wie die Wohnung ist. Hauptsache wir hatten einen festen Platz.

Und dann bin ich mit Thomas in ein Geschäft gegangen und er hat Münzen verkauft, einen ganzen Beutel voll. Er hat gesagt, er hat kein Bargeld, und da haben wir davon eingekauft, Bettwäsche und Geschirr von so einem Versand, weils da so billig war. Und dann hat das ewig gedauert, so vier sechs Wochen. Und ich fand das so eklig, mich auf das Inlett zu legen, wir hatten ja eine möblierte Wohnung, und da hab ich mir einen Rock drübergezogen übers Kopfkissen. Das ging dann. Und eine Menge Geschirr gekauft, alles für drei Personen, immer in der Hoffnung, wir kriegen ja auch Besuch.

Einmal war ich dran mit der Treppe, und da hab ich ganz langsam gemacht, weil aus dem Zimmer von meiner Nachbarin Musik kam. Wochenlang, schon in den Hotels, monatelang ohne Radio, das ist so schlimm. Und ich hab mich da hin gesetzt, ich war so traurig mal wieder, und hab das dann dem Thomas erzählt. Ob er denn nicht ein Radio hätte. – Du bist nicht da, und –. Dann hab ich ihm das alles so gesagt, und kurz darauf kam er mit dem Fernseher an. Das war so schön. Da konnten wir wieder Meister Nadelöhr gucken. Und irgendwann noch diese wuchtige Musiktruhe. Da gings uns doch schon ganz gut.

Wir fingen dann an Pläne zu machen, wie kann ich Geld verdienen. Und da sagt der Thomas: Du, ich bringe dir ein Branchenbuch mit, wo also Geschäftsleute drin stehen. – Und dann hat er dieses Werbeblatt entworfen, da hat er tausend Stück drucken lassen, und dann habe ich Adressen geschrieben, eingetütet die gefalteten Dinger. Die waren so rosa, diese Blätter. Also daß ich Briefmarken sammle. Und eben an Leute, wo wir dachten, die kriegen sehr viel Post, große Betriebe, und da werden vielleicht auch viel Sondermarken drauf sein. Und die sollten sie sammeln, abgelöst oder nicht, und kriegten dann bestimmte Preise dafür. Und da kamen dann auch jeden Tag verschiedene Päckchen. Und du sagtest immer: Ach die könnten doch mal ein Bonbon für mich reinlegen.

Und der Thomas sagt zu mir: Gehst du morgen, mußt dich anmelden, Personalausweis, Wohnung anmelden, und dann meldest du gleich das Gewerbe an. – Ich hab das nicht geglaubt, daß das geht. Ich sag: Ich bin doch das gar nicht von Beruf, die fragen mich doch. – Ach hier ist das möglich, du mußt anders denken lernen. Du gehst hin und sagst, du brauchst einen Gewerbeschein, du machst jetzt ein Geschäft auf. – Na, ich kam mir dämlich vor. Ich da hin und: Ja, ohne weiteres. – Auf einmal war ich Geschäftsfrau. Ich hab mich kaputt gelacht. Manchmal konnte ich das. Manchmal hab ich bloß noch gelacht. Ich hab das auch allen Leuten geschrieben: Stellt euch mal vor, ich gehe da hin und kriege einen Schein und jetzt bin ich Geschäftsfrau. – Das hat mich umgehauen.

Naja, damit konnte ich eben nichts verdienen. Es hat zwar im Moment erstmal Spaß gemacht, die kleinen Bildchen zu sortieren, und ich war eben zuhaus, bei dir. Aber es war gar nicht meine Sache. Wenn die Leute manchmal Preise aushandeln wollten, ein paarmal war richtig jemand da. Ich hätte den Leuten da eher noch was zu gegeben. Also ich war da nicht gerissen genug. Thomas hat mir dann mal so Tips gegeben. Ich hab gar nicht kapiert, was ich da machen sollte. Ich habe hohe Zahlungsanweisungen geändert, wenn ich mich um einen Pfennig verrechnet habe. Bin umgedreht, als ich draußen war, nochmal geschrieben. Da konnte ich ja zu nichts kommen.

Und diese Organisation in Westberlin, die hat pro Person achttausend Mark genommen. Da hat der Thomas die Hälfte sofort bezahlt und die andere Hälfte sollte abgestottert werden, wenn wir hier sind. Und da haben wir monatlich tausend Mark bezahlt. Und einmal hab ich das bezahlt, weil er meinte, er hätte wirklich kein Geld und das geht im Moment schlecht. Und da hab ich das überwiesen von der eisernen Reserve, die wir im Geschäft hatten.

Das war dann also plus minus null. Und ich konnte ja nicht ewig von Thomas leben. Er hat mir auch nicht das Angebot gemacht, hat mir sofort zugestimmt, als ich dann gesagt hab: Dann muß ich eben irgendwann mal arbeiten. – Ja, das mußt du dann wohl. – Nagut. Schulschwesternstelle war da nicht, und ich wollte ja in Thomas' Nähe bleiben. Nachtwache klang sehr gut, dann konnte ich am Tage zuhause sein. Zweimal in der Woche Nachtwache gemacht.

Und du mußtest in der ersten Klasse manchmal erst um neun los, und ich bin dann so lange wach geblieben, wenn ich zurück kam. Es war so anstrengend. Ich bin manchmal auf dem Stuhl eingeschlafen.

Und am ersten Tag war ich so fertig, ich war ja körperliche Arbeit gar nicht mehr gewöhnt, ich mußte da zehn oder fünfzehn Mann waschen und immer gebückt, ich war so kaputt. Und da hab ich dann an deinem Bett geweint, den ersten Tag.

Und dann hab ich dich immer geweckt, wenn ich nachhause kam, und wir haben gefrühstückt. Und diese zwei oder drei Stunden, die du dann weg warst, das war mir, als wenn ich überhaupt nicht geschlafen hätte. Und dann hab ich gesagt: Weißt du, Eugen – du konntest dich ja sehr früh nach der Uhr richten –, weißt du, wenn du morgen kommst, ich muß doch nachts arbeiten, ich muß ein bißchen schlafen, dann laß mich man noch zwei Stunden schlafen, und dann ißt du erst das Brot, was da liegt, und dann koche ich was, wenn ich aufstehe. – Und dann warst du so richtig lieb. Ich hab einen leichten Schlaf eigentlich, und du bist dann rein gekommen und hast mich gestreichelt, und dann hast du gesagt: Du braucht nicht aufwachen, ich geh jetzt noch spielen. – Da war ich natürlich wach, aber ich hab die Augen dann zu gelassen. Oder einmal bist du rein gekommen und hast gesagt: Jetzt hol ich mir nur was zu trinken und geh wieder spielen, ich wecke dich nicht. – Das war schön.

Ja, und dann bin ich da immer zur Nachtwache, und da hab ich dem Krankenhaus geklaut, was nur zu klauen ging. Ich habe vierhundert Mark gekriegt und davon gingen zweihundertfünfzig Mark Miete ab. Dann die Lichtrechnung alle zwei Monate, dann brauchten wir ja Sachen und Essen. Wir haben manche Woche von fünf Mark gelebt. Und es hat geklappt. Nudeln gabs viel, die hast du zum Glück am liebsten gegessen sowieso, Kartoffeln nicht so. Ein Ei drüber oder Zucker, oder einfach gebraten. Und Makkaroni mit Zucker, das hättest du Tag und Nacht essen können. Und dann hab ich auch mit gekriegt, daß man aufpassen muß mit den Preisen und vergleichen muß, und das hab ich natürlich alles gemacht.

Irgendwann hast du dann mal gesagt: Du bist größer als ich und hast ein kleineres Stück Fleisch. – Ja, hab ich dann gesagt: Das sieht doch bloß so aus. – Hab dann abgelenkt.

Und dann hab ich Zellstoff mit gebracht, haben wir als Taschentücher benutzt und als Klopapier. Zucker, Salz, Essen was übrig war. Eine Portion kriegte ich auch hin gestellt, das hab ich dann auch mit gebracht. Dann Streichhölzer, ein Fieberthermometer, mal Kopfschmerztabletten oder Watte, aus Stäbchen hab ich Figuren für dich gebastelt. Oder Brot, das war eine sehr große Hilfe, da brauchte ich manchmal tagelang nichts kaufen. Also von den zwei oder drei Nächten hab ich uns ernährt fast. Dann war mal ein Apfel da, oder ein Patient schenkte mir mal was, die schenken einem denn mal Schokolade, sowas konnte ich ja gar nicht kaufen.

Und einmal hab ich gesagt: Thomas, ich habe kein Geld, ich muß wenigstens mal Milch kaufen für Eugen, und Brot, kannst du uns mal ein bißchen was geben? – Naja, sagt er: ist gut. Macht sein Portemonnaie auf und gibt uns zwei Mark. Ich konnte nichts sagen.

Und du wolltest nie richtig essen. Und manchmal, dann war ich so fertig, dann hab ich dich so lange am Tisch sitzen lassen, bis du aufgegessen hattest. Ich hatte ja manchmal richtig Angst, daß du verhungerst. Und wenn du dann fertig warst, dann hab ich dich so angeguckt und ganz doll gesagt: Na, war das nun so schlimm? – Und einmal hab ich mich plötzlich dabei gesehen und hab gedacht: Was mach ich hier eigentlich?

Einmal hab ich mir Zwirn geliehen und eine Nadel. Und da sagt die Frau oben: Meingott, jetzt wird mir erst klar, Sie haben ja gar nichts, unsereins hat mal alte Knöppe liegen oder so Reste, das haben Sie ja alles gar nicht. – Und was macht die Frau? Kommt runter nach ner Weile mit einem richtig schönen grünen Schal, einem großen selbst gestrickten. – Kann ich Ihnen damit eine Freude machen? – Ja, sag ich: naklar!, fand ich so toll. Und den hab ich durchgeschnitten, hab deine Hand, ich konnte ja überhaupt nicht nähen, hab einfach deine Hand auf den Schal gelegt, ringsrum ab geschnitten, wie ein Fausthandschuh, und hab ganz vorsichtig die zwei Teile zusammen genäht. Und dann hattest du Handschuhe.

Und ich hab immer gedacht, ich kann hier nicht bleiben, und die Zeit vergeht. Ich war ja inzwischen ein halbes Jahr da, und ich hab mir immer vor gestellt, wie kann ich mich denn da verantworten, daß ich erst jetzt zurück komme. Meine Schuld wurde immer größer, verstehst du?, meinem Land gegenüber, den Leuten, und daß ich das überhaupt gemacht hatte. Und wie ich dann die Sachen so mit gekriegt habe.

Dein Fragen, das war so schlimm. – Warum können wir ihn nicht besuchen, warum können wir da nicht in die Wohnung? – Und ich wußte es doch auch nicht. Schon, aber –. Ich hab dann gesagt: Der hat Tag und Nacht zu tun, der hat da ein Büro und bloß ein Bett und das ist so klein, da passen wir nicht rein. Da stören wir bloß. – Einmal hat er uns mit dem Auto mit genommen ein Stück Richtung Dorf, wo er wohnte, und hat uns unterwegs abgesetzt, wir sind zu Fuß zurück gegangen. Mir war elend, elend. – Mutti, warum können wir denn nicht bis hin fahrn, wir brauchen ja nur mal rein gucken.

Ich? Ich bin hin gegangen, Weihnachten. Heiligabend war ich da, als du geschlafen hast. Er ist Heiligabend zu uns gekommen, mußte dann aber abends zurück sein. Und ich hab gedacht: Ja du mußt kommen du mußt kommen du mußt kommen, na denn mußte eben wieder zurück na gut. – Und es war schön. Ich hab alles vorbereitet, hab Apfelmännchen gebastelt, und wir haben so eine kleine Bescherung gemacht. Und er hat auch mit dir gespielt. So richtig hat er nicht mit dir gespielt, er hat nie mit dir an der Erde gelegen, das hab ich auch so vermißt. Aber er hat sich dann eben irgendwie auch mit dir beschäftigt, und ich hab gedacht: Es ist Weihnachten, und jetzt hat vielleicht das Kind das Gefühl, es ist schön.

Und er war weg, du warst im Bett, und ich konnte nicht. Ich konnte mich jetzt nicht hin legen und schlafen. Und da bin ich los. Hab unterwegs eine Taxe getroffen und hab gesagt: Ich hab nur soundsoviel Geld und wenn das Geld alle ist, setzen Sie mich ab. – Und er hat mich aber gefahren, ich muß so verheult ausgesehen haben. Und da ist uns ein Auto entgegen gekommen, und ich dachte noch: Das ist sie. Sie wollte nämlich in die Kirche, deshalb sollte er zurück sein, und das stimmte wohl auch. Heiligabend. Und dann hab ich geklingelt. Hab gesagt: Ich will nur gucken, wie lebst du hier, ich muß das jetzt hier sehen. – Und da hat er Angst gekriegt, er wollte mich nicht ins Kinderzimmer lassen. Also da muß ich nahe an der Hysterie gewesen sein, das weiß ich nicht. Oder er hat es sich jedenfalls eingebildet.

Und das Haus war riesig. Ich kannte sowas ja nur aus Filmen, hatte mir ja nie vorgestellt, daß es das wirklich gibt, sone Häuser. Ich hätte da nie leben können, das wußte ich in dem Moment. Es war völlig fremd. Und der stand da drin wie eine Figur.

Ich bin dann so rum gegangen, durch die Zimmer, und das war so gebaut, daß man da so einen Rundgang machen konnte, man kam dann da an den selben Punkt zurück. Und die Zimmer alles sehr teuer und groß und viele Zimmer. Und wir kommen so zurück, und da ist an der großen hohen Wand, durch die ich rein gekommen bin, hängt da eine riesengroße Hakenkreuzfahne, schräg so, so zwei mal drei Meter bestimmt, mit einem Hakenkreuz.

Irgendwie bin ich zurück, hab gedacht, ja zusammen leben geht ja nun nicht, und die Sonja, und das Kind, mein Kind, der darf nicht an mein Kind. Irgendwann hab ich dann abends im Bett gelegen und immer gedacht, das gibts nicht, das gibts nicht. Das ist ja ein Nazi.

Und er hat immer gesagt: Wir können doch alle zusammen wohnen. Und ich dann so: Montag Mittwoch Freitag ich, Dienstag Donnerstag Samstag Sonja oder wie? – Ach Mensch, und: Wir arrangieren uns alle.

Und irgendwann fand dann Sonja auf einem Briefumschlag meine Adresse und fiel aus allen Wolken. Er hatte ihr nichts gesagt. Schäbig. Der Sonja gegenüber auch schäbig. Und die war wohl im Grunde auch nicht schlecht, die ist so ein gutmütiges Schaf, nur eine Idee dümmer, also darauf bin ich stolz. Die hat sich auch noch schlagen lassen andauernd. Also das hätte er mit mir wirklich nicht machen können. Vor andern hat er die beschimpft, die hat sich demütigen lassen. Was die Anna mir manchmal erzählt hat. Er hat die wie die letzte Nutte behandelt.

Er hat mir auch immer gesagt, er liebt sie nicht, und er hätte Schulden und ihr müßte das Geschäft übertragen werden. Und es war wohl auch eine Geschäftsheirat dann. Hatte eben auch wieder Steuern hinterzogen.

Der Mann hat mit Briefmarken gehandelt, sich irgendwann auf Drittes Reich spezialisiert, so ein paar Münzen dazu, Uniformstücke, ist mit Leuten zusammen gekommen. Und ist reich geworden. Hat ein riesiges Haus jetzt mit Nazi-Plunder. Ist Händler.

Und er hatte mir ja gesagt, daß er Nazi ist. Das hab ich aber nicht geglaubt. So ein Spinner, der flachst rum mit Sachen, nee.

Und wir waren ein halbes Jahr hier, und wir haben uns nicht mehr unterhalten können.

– Das kann doch wohl nicht wahr sein, daß du immer noch Kommunist bist.

Ich sage: Wieso kann das nicht wahr sein, was hast du dir denn vorgestellt?

– Ein vernünftiger Mensch hält doch nicht jahrelang an so einer Idee fest.

Und dann rückte er so langsam raus damit, daß die DDR doch genauso ein faschistisches Land ist: Wie ihr immer so sagt –, sagte er so ironisch: wie angeblich unsere frühere nationalsozialistische Regierung. – Zuerst hab ich da drüber weg gehört, hab das gar nicht kapiert, was er da sagt. Und dann häufte sich das, das war ja alles nicht an einem Tag, das kam alles so mit der Zeit.

– Gottseidank, daß ihr jetzt hier seid, – das war immer so seine Reaktion: daß das Kind da nicht aufwachsen muß.

Also das hat er sehr oft gesagt.

Und dann bist du einmal nachhause gekommen aus der Schule, das hat mir dann auch noch so den Rest gegeben. Da hast du durchs Fenster gerufen, das stand auf: Mutti! Ist der Papi da? – Nein. – Ha!, dein Gesicht gestrahlt. Dachte ich, das kann ja nicht wahr sein. Das war noch so ein i-Pünktchen dazu, daß ich dachte, ich muß weg hier.

Warum hast du uns überhaupt hergeholt. Das hab ich ihn so oft gefragt, so oft. Ich habe keine Antwort gekriegt, wenn wir so da saßen. Und wenn wir mal wieder ins Bett gekrabbelt sind, dann hab ich ihn in so einem intimen Augenblick gefragt: Sag uns doch, warum hast du uns her geholt. – Und da, als er dann mal so gelöst war und ein bißchen mir vertrauter war, da hat er gesagt: Ich weiß es nicht. Ich hab gedacht, wir können alle zusammen leben. Ich hab das ja alles nicht gewußt. – Und da wußte er auch, daß er feige war und da hat er auch zugegeben, daß er wußte, ich würde nicht kommen: Wenn du das von der zweiten Schwangerschaft gewußt hättest, dann wärst du doch nicht gekommen. Aber ich wollte dich doch hier haben. Ich hab dich noch lieber als die Sonja –, kam denn wieder. Ich sag: Was nützt uns das? Wir machen uns doch bloß kaputt.

Ich kann mich erinnern, daß ich dann auch gesagt habe: Ich bin ja selber dämlich genug, daß ich dir so blind vertraut habe. – Ja sicher, bist du auch selber schuld. – Er konnte ja sehr schnodderig sein. Ein andermal hab ich ihm dann wieder alleine den Vorwurf gemacht: Und du wußtest genau, aus welcher Welt du mich da raus reißt. Meine Verwandten, die kann ich überhaupt nie wieder sehn. Und meine Schule und meine Arbeitskollegen und alles mit Eugen. Der geht hier zur Schule und wer weiß, was auf den zu kommt. – Na, da hat er mir natürlich gesagt: Hättste vorher wissen müssen. – Und da hat er ja auch recht gehabt.

Eingeschult hab ich dich ja auch allein. Ich wußte von Anfang an: Ich bin hier wieder ganz auf mich gestellt.

Du gingst noch nicht zur Schule, da kanntest du die Uhr schon: Fünf vor zehn –, hast du gesagt. Und dein Gedächtnis. Wir waren in Lübeck, da waren wir grad vier Wochen hier, und da sind wir auf das Tor zu gefahren, und da hast du gesagt: Dieses Tor ist auf dem Fünfzig-Mark-Schein. – Der Thomas sagt: Das gibts doch nicht, das stimmt tatsächlich. – Ich hatte das nicht gemerkt. Und in solchen Momenten war er natürlich unheimlich stolz auf dich, dann hat er das in Lübeck überall rum erzählt bei seinen Freunden, dann warst du natürlich wieder sein Sohn, der

Große. Und da hat er dir auch eine Uhr geschenkt, weil du die Uhrzeit sagen konntest.

Wenn er mit angeben konnte.

Und dann danach warn wir einmal bei Anna und Gerd, und Thomas war auch da, und da hat er zu Gerd gesagt: Du, hast du nicht noch ein Bett für mich? – Ich war entsetzt, ich denke: Was soll das denn jetzt? – Und da sagt er: Du, ich kann nicht mit dir schlafen. Als ich letztes Wochenende mit dir geschlafen habe, da bin ich nachhause gekommen und das war wie Schicksal, da hatten die Kinder Tabletten gefunden und gegessen und mußten ins Krankenhaus. – Er ist abergläubisch, hab ich da gemerkt, also sowas Blödes, das kann doch wohl nicht wahr sein. Und der Gerd, ich seh den Blick noch, der hat uns mitleidig angeguckt, der muß auch gedacht haben: Ohgott, so viel Dummheit auf einem Haufen.

Und dann haben sie mich auch gefragt: Was schreibst du denn so nachhause? – Es waren dann doch oft die, mit denen ich noch so am besten reden konnte. Und ich sag: Ach, ich möchte denen so gerne was schenken – das war auch dieses Weihnachten –, aber ich hab nicht soviel Geld. – Ich hab das ohne Hintergedanken gesagt. Und der Gerd sofort: Soll ich dir hundert Mark geben? Gibst mir irgendwann wieder. – Ach, das fand ich toll. Sag ich: Borgst du mir die? Ja – sag ich: Gib her. – Und für diese hundert Mark hab ich sechs oder acht Päckchen gemacht. Meiner Mutter eine Nylonschürze, für die Kinder Strumpfhosen, Schokolade, Nivea-Krem, Kaffee. Von allem eben immer das billigste. Aber ich hab es geschafft, für jeden was, und das hat mir so einen Spaß gemacht. Die sollten doch alle denken, mir geht es wunderbar.

Und irgendwann war ich mal wieder bei den beiden, und da wollte ich es ihnen zurück geben, das Geld. Und es war eine relativ kurze Zeit, ich war froh, daß ich das wieder hatte. Es war ja für mich ein unheimlicher Wert, hundert Mark. Und da hab ich mir so vorgestellt, das geb ich nicht gleich und so nebenbei, sondern wenn wir beim Kaffee sitzen, dann werd ich sagen: Gerd, hier hast du dein Geld zurück. – Weil, für mich war das so eine Bedeutung. Und ich war noch nicht lange da, da sagt der Gerd: Du, nimm es mir nicht übel, ich wollte dich nur dran erinnern, daß ich noch Geld kriege. Ach, war die ganze –. Er mußte mich erinnern, und jetzt hatte er den Eindruck, als wenn ich es vergessen hätte. Und ich: Ja, ich wollte euch das heute sowieso geben. – Und hab ganz nervös in meiner Tasche im Portemonnaie, hab ihm das gegeben.

Man möchte einem andern eine Freude machen und der andere ahnt gar nicht, was da für einen selber so zusammen hängt mit, nicht? Es ist komisch, daß ich da immer noch weinen muß.

Und dann Besuch.

Der erste war Opa. Und das war schön. Bloß, bei dem schlägt sich doch immer alles gleich auf den Magen, ach und der war eigentlich nur krank. Der hat das sofort durchschaut, was los ist, wie wir wohnen, wo wir wohnen, und kein Geld.

Wir waren in der Stadt und da sagt er: Was machstn heute zu Mittag. – Sag ich: Das weiß ich noch gar nicht. – Und er: Weißt du, ich hätte mal Appetit auf Fisch. – Und da stehen wir da am Schaufenster, und da hab ich gesagt: Vater, ich kann es nicht kaufen. – Sag bloß, sagt er. Er war ganz erschüttert.

Er hat das Verhältnis zwischen euch auch so beobachtet, dir und Thomas. Ach der war fertig. Und ich hab ihn eben auch gefragt: Du hast doch alles gewußt. – Das ging ihm unheimlich nahe. Auf die Frage hat er ja auch gewartet. Hilflos, wirklich, ein armer hilfloser alter Mann.

Und er hatte geschrieben: Ich würde lieber bei Dir wohnen als bei Thomas, und ich bringe Tante Emmi mit. – Und dann hab ich gedacht, ihr werdet ja sehen. Es ging ja gar nicht. Ich hatte ja nichtmal ein Kissen. Ich hatte keine Tasse für die und nichts. Und das hat er dann ja sofort gesehen und ist dann abends sofort mit gefahren. Und er hatte sich vorgenommen, ganz mutig: Thomas, ich bleibe hier bei Irene erstmal ein paar Tage. – Wollte auch seinem Sohn da zeigen, er hält zu mir.

Und dann: Der Thomas guckt den Jungen überhaupt nicht richtig an. Der muß doch mal mit ihm spielen. –

Einmal hat Thomas dich mit genommen, er hat uns öfter mal rum gefahren, wenn er geschäftlich was hatte. Und es dauerte keine zehn Minuten, da warst du wieder da, heulend. Da hatte er dich abgesetzt, war dann weg. Und ich sage: Was ist denn los, warum fährst du denn nicht mit? – Der Papi spricht kein Wort mit mir. – Da wolltest du raus, du wolltest nicht mit. Und dann hab ich ihm das nachher gesagt. Und er sagt: Ich kann doch nicht den ganzen Tag erzählen.

Er hat dir Münzen mit gebracht mit Hitler, und Hakenkreuzringe. Ich sage: Thomas, was soll das denn? – Und du hast dir die angeguckt. Du wußtest doch nicht, was das ist. – Ich sammle das jetzt. – Das waren Münzen von deinem Vater, die wolltest du sammeln. Und ich habe nur gedacht: Wie soll ich ihm denn das jetzt klar machen? – Ich hab versucht, dir zu erzählen, wer Hitler war, aber du warst ja klein. Ich hab gedacht, der wird dir jetzt andauernd was anschleppen und ich kann das nicht verhindern.

Und irgendwann hab ich gedacht, diesen Einfluß, dieses Auftreten hier alle vierzehn Tage, das kann ich nur verhindern, wenn ich weg ziehe. Wenn er kam, das ging ja nur noch darum, daß ich spinne und daß sein Sohn –. Diese Beschimpfungen, er wußte genau, wie er mich damit kränkt.

Und da hab ich eine Annonce aufgegeben, in einer Fachzeitung, als Unterrichtsschwester. Und als er das nächstemal kam, hab ich gesagt: Thomas, ich gehe weg hier, ich bleibe hier nicht. – Ja ist vielleicht das Beste – war seine Reaktion: ist vielleicht das Beste.

Irgendwann haben wir uns dann mal später bei Anna und Gerd getroffen, so ein paar Monate drauf. Da ist er auch einen Tag gekommen. Und da saßen wir so fremd beim Essen alle, das war so eine gedrückte Stimmung. Der Thomas saß da schon, als wir ankamen. Und da bin ich immer mit Anna so mit gelaufen in die Küche, ich konnte nicht mit dem alleine sein. Ich hätte auch gar nicht gewußt, was ich sagen sollte. Und dann war das Essen fertig, und wir saßen da um den Tisch rum. Und dann hat einer von uns beiden gesagt: Na, wie gehts. – Hm, wie es geht. Es geht. – Kühl.

Ellen und Ronald Schernikau im Sommer 1968

5

Und dann Ilse. Ilse ist Frührentner, sie hat einen angeborenen Herzfehler. Und ich mußte ihr ja nun sagen, wie das läuft. Und ich weiß nur, daß wir immer zusammen geheult haben und ich völlig fertig war und sie hilflos daneben saß und selbst erstmal verdauen mußte die ganze Situation. Denen hab ich ja auch allen geschrieben, wie gut es mir geht.

Ich meine, es war schön, daß sie da war, aber dieses Abreisen auf dem Bahnhof, das war so schlimm. Ich hätte am liebsten laut geschrien: Ich will mit.

Sie war es auch, die dann irgendwann gesagt hat: Mensch, dann komm mit und bring mich zurück. – So beim zweiten oder dritten Mal. Und ich eben wieder diese großen Zweifel hatte und Angst und Unsicherheit und schlechtes Gefühl und mich nicht getraut hab. Und sie das dann auch akzeptiert hat und gesagt: Naja denn. – Sie war wohl auch mal beim Bezirk. Und die sollen da angeblich gesagt haben: Laß sie man erstmal her kommen, so schlimm wird das wohl nicht. – Aber eine Garantie konnten sie Ilse nicht geben und Ilse mir nicht.

Sie ist ein so anderer Mensch, sie ist viel sachlicher auch. Und sie war dann auch wütend auf mich und hat das

Gespräch abgebrochen, weil ich in ihren Augen dann wieder gejammert habe, und: Ich weiß nicht, was ich machen soll. – Und sie dann immer gesagt hat: Mensch das mußt du eigentlich wissen. – Also die war ganz schön wütend manchmal auf mich, wenn sie zu Besuch war. So ungefähr: Dir ist eben nicht zu helfen, dann bleib. – Oder so. Also sone Töne waren da. Und meine Reaktion war eben: Naja, du bist gefühlskalt, du verstehst mich nicht. – Ich wollte das nicht wahr haben, daß sie recht hat. Das ist schon richtig. Sie hat mich dann immer Seelchen genannt. – Du bist eben unser Seelchen. – Oder so.

Und immer gesagt: Wenn du jammerst, dann mußt du eben mit kommen. Und wenn du nicht mit kommst, dann hör auch auf zu jammern. – Sie war eben so sehr nüchtern.

Und einmal wollte sie eine Freundin besuchen in Westberlin, und da haben wir uns da getroffen. Und da bringe ich sie an die Grenze, und sie wußte also, ich will eigentlich zurück und wie blöd und unnötig und verfahren das alles ist. Und da sagt sie: Mensch komm doch mit an die Grenze und sprich mal mit einem. Erzähl deine Geschichte und der soll dir nun mal sagen, ob du nun bestraft wirst oder nicht. Das ist ja da Niemandsland. – Ja, das machen wir.

Dich haben wir schlafen gelegt, ihr Zug fuhr spät abends, und wir da hin. Und ich an der Grenze habe den Genossen gefragt, ob es hier eine Dienststelle gibt, ich hätte mal ein Anliegen, ich möchte mit seinem Vorgesetzten sprechen. Der guckt uns an: Ja, Ihren Ausweis. – Ilse hatte ja nun einen DDR-Paß und ich einen BRD-Paß, denn für die hier war ich ja BRD-Bürger. Und der uns rein gelassen. Und ich war aufgeregt.

Und dann durch mehrere Türen und Gänge, und Ilse und ich gar nichts gesagt. Dann wurden wir in einen Raum geführt, da hing Walter Ulbricht an der Wand. Hatte ich wieder dieses maßlose Heimweh. Dann kam so ein Mann rein in Zivil mit Parteiabzeichen, so Ende vierzig, stellte sich nur mit Namen vor.

– Ja, was haben Sie denn für ein Anliegen.

Und ich stellte mich also vor, sagte: Guten Tag, ich bin Irene Binz. – Hab dem meine Geschichte erzählt und daß Ilse DDR-Bürgerin ist und so weiter. Also alles.

– Ja, sagt er: Ich kann das natürlich jetzt von hier aus nicht sagen, ich müßte mich erkundigen. – Und da haben wir uns verabredet für den vierten Dezember, das weiß ich noch genau. Das war dann ein viertel Jahr vielleicht. Hat sich aus meinem Ausweis die Daten abgeschrieben, sich Notizen gemacht, und war sehr aufgeschlossen, muß ich sagen. Er sagte: Wenn Sie die Absicht haben und Sie kommen wieder und ich kann jetzt nachprüfen, daß Sie sozusagen nichts auf dem Kerbholz haben, dann könnte es sein, daß das in Ordnung ist.

Denn ich hab eben erzählt, daß ich auch Angst vor Strafe habe und dann nicht weiß, wohin mit dir. Und ich hätte zwar eine Schwester, aber die ginge ja auch arbeiten und du müßtest dann doch in irgendein Heim.

Und inzwischen war es so halb zwölf geworden, nachts. Und Ilse mußte also mit dem Zug von Berlin nach M. zurück, und da sagt sie auf einmal zu dem: Sagen Sie mal, könnte meine Freundin nicht schnell mit rüber kommen? – Du, ich hab das gar nicht richtig begriffen, ich hab gedacht, sie meint irgendeinen Warteraum. Und er guckt von einem zum andern und sagt: Gott, das ist eigentlich nicht üblich. Also sie muß bis um zwölf wieder da sein. – Da sagt Ilse: Ja klar, machen wir. –, das lief alles so schnell, ich hab das gar nicht kapiert. Ich war ja von dem Gespräch noch sehr aufgeregt. Und dann hätten wir noch beinahe irgendeine Tasche da gelassen. Und dann hat er uns durch Gänge geführt und auf einmal standen wir auf der Straße und da sagt er: Aber bitte, denken Sie daran. Um zwölf.

Und ich gucke mich um und war in der Friedrichstraße.

Mir war schlecht. Ich dachte, ich kollabiere. Ilse hat mich untern Arm genommen und gesagt: Mensch los, jetzt trinken wir einen Kognak. – Ich konnte es nicht fassen, daß ich wieder da bin. Und dann schoß es mir auch durch den Kopf, daß das ja leichtsinnig ist. Du warst in einem ganz andern Land, einem andern Staat, und ich gehe da einfach mit. Wir hätten ja einen Unfall haben können, was weiß ich, und du in einem fremden Hotel. Und ich war so bedrömelt, auch durch das Gespräch, und ich hab erst begriffen, als ich schon da stand, daß ich zuhause bin.

Wenn ich alleine gewesen wäre, wäre das noch ganz was anderes gewesen. Aber diese ganzen Konflikte, das alles wäre ja nicht gewesen, wenn ich alleine gewesen wäre.

Wir sind in irgendsoein Café rein, es war sowas Großes, haben eine Tasse Kaffee bestellt und einen Kognak, irgend sowas. Und ich: Ilse ich bin zuhause. – Und auf den Tassen das HO-Zeichen, HOG, was ist das denn jetzt. Und wir mußten auch schon wieder zurück, wir konnten da vielleicht zehn Minuten sitzen.

Und wir stehen auf von unsern Plätzen, bezahlen, gehen an die Garderobe, ich lasse mir meinen Mantel geben, will den anziehn. Da steht der Franz neben mir.

Wir haben uns angeguckt, wir dachten beide, wir kommen von einem andern Erdteil, oder wir träumen.

Der hat mich schon beobachtet, hat mich schon sitzen sehn, hat gesagt: Ich konnte es nicht fassen. Du bist es wirklich. – Da haben wir uns in den Armen gelegen, ich glaube, er hat auch geheult. Und Ilse: Wir müssen gehen – sagte die immer. Stand hilflos daneben.

– Was machst du denn hier, sagte der Franz immer: Was machst du denn hier.

Dann sind wir auf die Straße raus, weil wir das Gefühl hatten die Leute gucken, auf die Straße raus und zwei Schritte gegangen, dann lagen wir uns wieder in den Armen, dann wieder drei Schritte, ich hab was erzählt wohl total konfus, wollte es erklären, der hat es glaub ich gar nicht richtig begriffen.

Und Ilse ist vor gegangen, die wußte ja auch vorher gar nicht, daß wir uns so gern haben, hat das da erst begriffen, ist zehn Schritte vor gegangen. Und ich hab gesagt: Ich muß in fünf Minuten muß ich dahin oder zehn, ich muß da wieder hin, und der Eugen. – Und dann haben wir uns wieder in den Armen gelegen.

Und dann hab ich gesagt: Ich hab dich unheimlich lieb, ich hätte beinahe ein Kind gekriegt. – Da sagt er: Von wem? – Ich sage: Das ist schon ganz lange her, das ist schon drei vier Jahre her.

– Nein.

– Doch.

– Wieso denn, das hast du mir ja gar nicht. Wieso haben wir denn da nicht.

Es waren alles nur so halbe Sätze.

Ich sage: Gottseidank, daß ich dir das endlich gesagt habe.

Ich war so froh, daß er das jetzt auch weiß. Ich sag: Das ging doch nicht. – Nein, sagt er: Aber. – Und Ilse immer: Komm, los, komm, wir müssen. – Und dann gewunken und wieder hin gerannt. Und dann war ich schon zehn Schritte weg und dann sind wir wieder aufeinander zu gerannt. Und dann, dann mußte ich ja wirklich weg. Hab mich nicht mehr umgeguckt. Schreib!, hat er mir noch hinterher gerufen.

Und der stand schon an der Tür, es war wirklich Punkt zwölf, und der stand da schon und hatte die Tür auf. – Na da seid ihr ja. – Und dann im Flur von Ilse verabschiedet, ich konnte überhaupt nicht denken. Und diese Gänge und raus und ich weiß nicht, bin gerannt, nur gerannt, wollte zu dir, ich mußte irgendwohin, ein Ziel, und das warst du.

Und ich bin nicht hin. Ich habe mich so maßlos geschämt, ich habe den sitzen lassen den vierten Dezember.

Und dann war ich wieder im Westen. Das war sowas Unmögliches eigentlich. Ich bin mit dir zurück gefahren und dachte: Was will ich denn hier? Ich hab ja Jahre gebraucht, überhaupt zu kapieren, daß ich hier lebe.

Hab gedacht: Bei denen bin ich unten durch. Ich kann da überhaupt nicht mehr hin. Die hätten mich ja kaum als Erzieher eingesetzt, ich hätte nicht in der Schule arbeiten können, das ist ganz klar, und das konnte ich alles irgendwie nicht, ich konnte mich nicht beruhigen, das war alles eben totale Strafe. Ich habe gedacht: Wenn ich da wieder nachhause gehe, ist alles, was ich in Zukunft erlebe, ganz furchtbar peinlich und ich kann überhaupt nie mehr fröhlich sein. Ich kann hier überhaupt nicht fröhlich sein und zuhause erst recht nicht. Ich hab mich in der Partei wohl gefühlt, ich hab mich in der Schule wohl gefühlt, ich hab mich in meiner Wohnung wohl gefühlt mir dir, und das wäre alles weg gewesen. Diese Angst, überhaupt nicht mehr beachtet, nur geduldet zu sein. Schon die Vorstellung, daß ich immer wieder hätte erzählen müssen, wo ich die vergangenen zwei Jahre war. Und ich wollte lieber unter Leuten feige sein, die mir sowieso nichts geben, die mir den Buckel runter rutschen können, heute noch. Aber ich konnte nicht feige sein unter Leuten, die ich achte, die mir was sind. Das hätte ich nicht ertragen.

Und dann auch: Es geschieht dir recht. Selber schuld. Bleib mal schön hier. – Und den vierten Dezember hab ich gearbeitet. Und abends dacht ich dann, im Bett: So, nun hast du dir dein Urteil selbst gesprochen.

Ellen Schernikau als Lehrausbilderin im Krankenhaus Magdeburg, offizielle Aufnahme für Schulungszwecke, 1962

6

Und ich kam also in dieses große Haus und es war Mittelalter. Ich wollte doch sowas wieder haben wie in M., und dann bezahlte ich für ein möbliertes Zimmer dort ein Drittel meines Gehalts. Und die Kolleginnen haben geguckt, wenn ich mich um dich gekümmert hab kurz, wir wohnten ja zwei Stockwerke über der Schule. Und ich mußte mir eine ganz bestimmte Tracht kaufen, und ich durfte den braunen Wintermantel nicht dazu anziehen, ich hab in meinem blauen Regenmantel gefroren, wenn ich rüber mußte ins Haupthaus. Es hat niemand was gesagt. Und bei dir zweiundvierzig Kinder in der Klasse. Und einmal sahst du so krank aus, kamst von der Schule, und ich hatte irgendwas Schriftliches zu arbeiten. Und dieses eine Mal hab ich gefragt, ob ich Arbeit mit nach oben nehmen kann. Es ging nicht. Nein, das geht nicht. Und wir haben im Gemeinschaftsraum mit den Schülerinnen Fernsehn geguckt, und ich habe ein einziges Mal gewagt, eine Kollegin zu fragen, wie sie irgendwas fand davon vom Vorabend.

– Schwester Irene, wir sind im Dienst.

Und in der Pause kein Wort. Jeder setzte sich an seinen Schreibtisch und trank seinen Kaffee. Und ich hatte gedacht, es wird wie in M. –

In den ersten Urlaub dann bin ich mit dir in den Harz gefahren. Ich dachte, das kenn ich dann schon.

Zum Ende der Probezeit hab ich dann gekündigt. Und die Schülerinnen haben mir einen Abschiedsabend gemacht. Das war schön, die haben das bedauert, daß ich gleich wieder gekündigt habe. Die kamen an die andern beiden nämlich auch nicht ran. Da war ich dann beruhigt. Daß meine Art doch nicht so verkehrt ist.

Ich bin dort auch das erste Mal diskriminiert worden, weil ich alleinstehend bin. Das kannte ich ja nun gar nicht. Ich mußte mich da anmelden auf dem Ordnungsamt, und bei Familienstand sage ich: Ledig, und: Ein Kind. – Und da sagt sie so: Ach, dann ist der Vater wohl unbekannt. – So ganz selbstverständlich.

Und ich lebe mich sonst schnell ein.

Und es war die Zeit der Vollbeschäftigung, und ich hatte auf meine Anzeige in der Berufszeitung sechzehn Angebote gekriegt. Und da bin ich Weihnachten mit Anna und Gerd kurz entschlossen in eine kleine Stadt gefahren in der Nähe. Hier, wo ich immer noch lebe. Und es war ja schon acht Wochen her, daß die mir geschrieben hatten, und ich dachte: Hoffentlich ist die Stelle noch nicht weg. – Und wir kommen da hin und die Charlotte, die Oberin, die wollte grad weg, und die war ja immer so ein bißchen komisch: Hach, ich hab gar keine Dienstkleidung an. – Und: Schulschwester sind Sie? Ach wir haben schon drei Jahre keine und warten!, also die hätte mich am liebsten umarmt. Oh, das war ein Empfang, ich wurde gebraucht, das war toll. Und sie haben gleich gesagt: Das wird nicht einfach, wir halten hier die Schule so recht und schlecht in Gang, da kommt jede Woche mal eine Fachkraft aus dem Nachbarkrankenhaus, weil wir brauchen eben die Schülerinnen als Arbeitskräfte.

Und dann hab ich nochmal hin geschrieben, daß ich mich sehr freue. Und mit der Wohnung, das hatten wir auch schon besprochen, daß ich keine Möbel habe und daß ich da möbliert wohnen müßte. Und dann hab ich geschrieben, ich hätte wirklich weiter keine Ansprüche, nur ich hätte ein Fahrrad, ob ich das irgendwo unterstellen kann. Später sagt sie: Achgott, das war so rührend. – Ich hab nicht gefragt, was ich verdiene, ich hab nicht gefragt, wie meine Arbeitszeit ist, aber ich hab ein Fahrrad und muß das unterstellen.

Und du kriegst ja auch nichts gesagt. Ich hab viel später mal ein Gespräch mit erlebt, wo eine Frau aus der Verwaltung einer Schwester eine Auskunft gegeben hat, und ich hab gewußt, das war nicht alles. Und ich hab das aber nicht in deren Gegenwart gesagt, weil ich dann auch unsicher war und dachte: Wenn das nicht alles wäre, dann würde die das doch sagen. – Und ich wußte aber, der stehen noch zwei Tage Urlaub zu. Und als die denn raus war, hab ich zu der Verwaltungsfrau gesagt: Mensch, kriegt die da nicht noch zwei Tage, mir ist so. – Ja, sagt sie: Klar, wenn die nicht nach fragt.

Und mir war so peinlich, die Sachen kamen ein paar Tage später an mit meiner Dienstkleidung auch drin. Und da konnte ich nicht anfangen zu arbeiten. Und das war mir unheimlich peinlich, daß ich die nicht im Handgepäck dabei hatte. Und die haben mir auch nichts angeboten, haben mir später auch erzählt, sie haben sich gedacht, dann hat sie eben für sich noch ein paar Tage Zeit. Also die haben das nicht so streng genommen. Das war eben alles so familiärer.

Und da hatten wir erstmal zwei Zimmer, die sich so gegenüber lagen auf dem Flur, sind wir dann immer so im Nachthemd rüber gehuscht. Und das war schön, daß wir dann schon zwei Zimmer hatten, in dem einen standen zwei Betten. Und es dauerte nicht lange, da haben sie die mir auch neu möbliert. Da konnte ich mitfahren zum Einkaufen, fand ich toll. Und ich weiß noch, die eine Couch, ich stand da so, hab gesagt: Die ist so kurz, kann ich mir gar nicht vorstellen, daß ich da drauf passe. – Und da sagt der Verwaltungsleiter: Legen Sie sich doch mal drauf. – Hab ich gemacht: Paßt. – Haben wir genommen. Das waren natürlich billige Sachen, aber ich fand das schon toll. Die haben mir unheimlich geholfen.

Und dann sind wir am ersten Tag zum Frühstück runter, und da saßen die Schülerinnen am Schülerinnentisch und haben denn immer rüber geguckt. Und Charlotte sagte denn auch: Da drüben, das sind alles Schüler.

Und Charlotte hatte denen furchtbare Angst gemacht. Hat gesagt: Jetzt kommt eine Schulschwester, da werdet ihr euch erstmal umgucken, von wegen Rauchen hier, sowas gibts dann alles nicht mehr. – Und dann haben sie Abschied gefeiert von ihrer schönen Zeit, stell dir das mal vor, haben sich Hühnchen geholt, haben Abschied gefeiert. Haben sie mir dann später erzählt. Und dann haben sie aber auch gedacht: Achmensch, mit einem Kind, so übel kann die doch gar nicht sein.

Und das war alles eine Klasse. Die hatten an einem Tag in der Woche Unterricht, und vorne saßen die Großen, mit denen immer wiederholt wurde und die alles schon kannten, und hinten saßen die Kleinen, die haben Mund und Nase aufgesperrt. Die haben von nichts eine Ahnung gehabt und haben sich alles mit anhören müssen. Das waren zwölf Schüler insgesamt, von drei Lehrjahren. Und im ersten Jahr haben sie schon was von Blutübertragung gehört, und im letzten Jahr wußten sie immer noch nicht den Unterschied zwischen Desinfektion und Sterilisation. Seltsamer Stoffplan.

Und es existierte kein Klassenbuch, kein Plan, gar nichts. Ich hab immer gefragt: Was muß ich denn jetzt machen? – Ja mal sehn, was jetzt so dran ist. – Charlotte hatte sich denn so ein paar Stichpunkte gemacht, was die alles durch genommen haben. Und dann hab ich überlegt: Ja gut, was muß ich noch alles bringen. – Das war also wirklich Chaos. Und dann hab ich erstmal ein Buch angelegt mit Personalien, war nichts da, erstmal Anwesenheitsliste. Dann das Buch so allmählich schön angelegt, eingetragen was wir hatten, allmählich kam ich denn da so rein. Aber ich hatte oft nichts anderes zu machen als einen Stundenplan und die Ärzte erinnern an ihren Unterricht. – Und denken Sie dran, morgen. – Meingott, behelfsmäßig war das alles. Und es hat mich geschockt, daß damit ein Examen gemacht wurde. Ich wußte ja, was bei uns verlangt wurde.

Und einer der Ärzte sagte dann mal: Ach Sie haben drüben Ihre Ausbildung, naja, dann sind Sie wohl politisch gebildet, aber sonst wohl nichts weiter. – Es wurden ja keine Examen anerkannt. Bei mir waren sie freundlich, weil sie nun dringend eine brauchten, aber es wurden Krankenpflegeexamen aus der DDR nicht anerkannt. Und ich habe immer gesagt: Die Ausbildung drüben ist besser. – Aber ich wurde nicht ernst genommen. Und durch solche Äußerungen, da fielen denn schon mal so Worte, die mir wieder zu getragen wurden: Rote Irene, oder was. Die waren natürlich auch irritiert, was sollte das: Abgehauen und trotzdem stand ich dazu.

Sie haben auch immer gesagt: Man muß doch nicht alles vorliegen haben, man braucht doch keine Pläne. Das fördert die Selbständigkeit. – Also Demokratie ist, wenn keiner weiß, was los ist.

Ich habe mich hinten rein gesetzt in die Klasse, wenn der Chefarzt Unterricht gemacht hat. Zu dem hatte ich mal gesagt irgendwas über Arbeitsschutz, das müßte man doch eigentlich besser in den Griff kriegen, irgendwie besser kontrollieren. Und da sagt er: Ja, wissen Sie, wir leben hier ja in der Freiheit, da können wir das nicht kontrollieren. – Sowas kriegte ich ja oft zu hören. Und im Unterricht hat er immer gesagt: Was ist sozial? – Na, hab ich gedacht, was ist es? – Sozial heißt: Einer für alle, alle für einen. – Gar nichts erklärt, nur diesen Satz. Und später war das denn so, er fragte, was ist sozial. Und dann schrie die ganze Klasse: Einer für alle, alle für einen. – Und dann hat er sich gefreut. Das wars.

Er hat Unterricht gemacht, weil er der Leiter der Schule war, und der war er, weil er Chefarzt war. Da wurde auf Qualität überhaupt nicht geguckt. Das wurde überhaupt nicht kontrolliert, das war das Erschreckende, daß also überhaupt keine Berichte an irgendeine höhere Stelle gingen. Und als dann Prüfung abgenommen wurde, da kam denn einer von der Regierung und dann lief das eben irgendwie. Das kriegte dann so einen staatlichen Anstrich.

Und dann allmählich, so nach einem Jahr, haben wir das dann geteilt. Als dann bekannt war, daß wir wieder eine

Schulschwester haben, haben wir dann wieder alle halbe Jahre aufgenommen, da füllte sich das schnell. Und dann den Neuen zusätzlich einen halben Tag, zwei Doppelstunden raus genommen und erstmal so Grundbegriffe gemacht, Vokabeln. Und dann so allmählich, dann hatten die Kleineren mittwochs, Donnerstag die Großen und irgendwann dann nachher auch Blockunterricht, jeder Kurs also vier Wochen hintereinander, das ist so langsam gewachsen.

Und da hab ich mich einmal doll in die Nesseln gesetzt. Da war ein Reporter vom Stadtblatt, und der hat mich gefragt, wie die Ausbildung so läuft und so. Und da hab ich gesagt: Naja, wir schlagen uns so durch recht und schlecht, und das ist ja klar, daß so eine kleine Schule nicht das Niveau erreichen kann wie eine große. – Und das stand dann auch in der Zeitung. Achmeingott, die Ärzte, die Oberin, die Schüler: helle Empörung! Wie konnte ich sagen, daß das kleines Niveau ist. Das war wohl unmöglich!

Und als ich da neu angefangen habe, da hatten wir Schulschwesterntagung in der Kreisstadt, da waren sicher so fünfzig Kolleginnen. Und da hab ich mich gemeldet und gesagt, daß ich neu bin in der Schule, und ob mir nicht jemand aus der Runde helfen könnte und ein paar Unterlagen geben, Literatur oder so. Weil ich dachte, irgendeiner wird sich doch wohl finden, der mich da mal anspricht. So bin ich da schon ran gegangen, nach einem Jahr hier. Nichts. Nichts. Ich weiß, in der Mittagspause hab ich mit ein paaren am Tisch gesessen, und die eine sagte denn: Na, da haben Sies aber auch nicht einfach. – Ich hab die nur groß angeguckt. Nichts.

Und Sabine wohnte auf einem Flur mit uns. Gleich am ersten Nachmittag: Ach Sie sind neu –, haben uns vorgestellt, und da sage ich: Ach ich warte auf meine Sachen, die kommen heute oder morgen, im Grunde kann ich noch nicht mal einen Kaffee kochen, das ist alles da drin. – Und da hat sie sich dann nächsten Tag geärgert, daß sie nicht auf die Idee gekommen ist, mich in ihr Zimmer mit zu nehmen und einen Kaffee zu machen. Ab nächsten Tag aber haben wir uns so richtig besucht, das ist eigentlich eine richtige Freundschaft geworden. Die war auch alleine. Und die war auch so ein Mensch, der ewig Liebeskummer hatte, ewig hatte sie Männer, die nichts auf Dauer wollten, und jedem trauerte sie nach. Sie wollte also unbedingt heiraten. Wir paßten ganz gut zusammen, weil wir beide so gefühlvoll waren, beide immer erzählten, was wir so erleben. Die ist acht Jahre jünger als ich.

Sie war auch zu dir immer, hatte dich unheimlich gerne, war oft bei uns, wir haben oft Abendbrot gegessen, haben was zusammen unternommen. Wir haben gelacht zusammen, so sentimental wir waren, wir waren beide auch gerne fröhlich. Also wir konnten furchtbar albern sein zusammen. Das war schön.

Sie hatte auch oft Bereitschaft, sie war ja Laborantin, und konnte dann nicht weg. Auf unserm Flur waren noch zwei Bereitschaften, Röntgen und einer von den Ärzten, und da haben wir immer zusammen gesessen und haben uns so angefreundet alle. Und ich hab eben allmählich mich da eingelebt.

So ein kleines Krankenhaus, das kannte ich auch gar nicht. Der Kontakt ist intensiver als in einem großen Krankenhaus, jeder kennt sich, aber man wurschtelt sich oft so durch die Arbeit. Und Sachen, die mich entsetzt haben, daß die eben zum Beispiel noch Teildienst gemacht haben damals. Bei uns in M. war schon jahrelang Schichtdienst. Und die Schüler mußten um jedes bißchen fragen. Die haben freitags erfahren, ob sie am Wochenende überhaupt Dienst haben. Es war alles, ja, ziemlich anders.

Da war ein Schüler, der ist zur Oberin gegangen und wollte einen Tag frei haben. Und da hat sie gesagt: Warum. – Und da hat er gesagt: Eine private Sache. – Und druckste so rum und sagte: Das ist aber wirklich sehr wichtig. Und kann ich nicht frei haben. – Und denn hat sie ihm auch frei gegeben. Und durch einen dummen Zufall erfährt sie, daß er einen Gerichtstermin hatte. Er war auf irgendeine Weise straffällig geworden, ich weiß nicht mehr, und hatte da einen Prozeß. Eine große Sache kanns ja nicht gewesen sein. Und nach dem Betriebsverfassungsgesetz muß man für solche Sachen sowieso freigestellt werden. Aber der hatte natürlich Schiß, wenn die das mit kriegen, dann schmeißen die mich raus. Und so wars. Und ich seh noch die Charlotte vor mir, die sagt: Also der Sowieso, der kommt nicht wieder. – Und erzählte mir das. Und ich war die Schulschwester, die hatten mit mir überhaupt nicht gesprochen. Und ich war so fassungslos, daß das so geht. Und der kam dann noch und holte irgendwas, und ich sagte denn: Wenn ich Ihnen irgendwie helfen kann, ich fand das nicht so gut, was hier gelaufen ist. – Und da sagt er: Ja, wenn Sie mir eine neue Stelle besorgen könnten. – Naja, konnt ich natürlich auch nicht. Ich war so hilflos. Und eine andere mußte aufhörn, weil sie ein Kind gekriegt hat. Alles so Sachen. Und ich hab auch nichts gemacht. Hätte ja verlangen können, daß die das mit mir besprechen. Aber ich hatte da zu viel zu staunen. Ich war sprachlos.

Und ich hab immer gestaunt, daß die Leute so viel Geld hatten, die konnten sich andauernd Sachen kaufen. Hab gedacht: Die gehen mit den Sachen um, die wissen das gar nicht zu schätzen. Die Schülerinnen hatten zum Teil so viel Kleider, wie ich nicht hatte. Ich hab gedacht: Naja, jeder sieht wohl so zu, wie er am besten an alles ran kommt. – Das war für mich so ein Egoismus, dieses überhaupt nicht ein bißchen weiter denken. Hauptsache, ich bin heute schön.

Einmal hab ich entdeckt, daß eine Schülerin ihre Anziehsachen weg warf. Und ich stelle sie zur Rede, und sie sagt: Wieso, die waren doch dreckig. – Die war verkommen, im Überfluß verkommen.

Und die haben auf Station immer schon am Tage Sekt getrunken. Wenn da gegen Mittag die Hauptarbeit fertig war, dann hatten die da Sekt stehen. Wir haben ja auch Kaffee getrunken während der Arbeitszeit, ist ja gut wenns geht. Aber Sekt ist eben was Besonderes. Und deshalb machen sies ja auch. Er ist eben hier relativ billig, und die finden das toll, Sekt trinken auf der Arbeit. Wie anders die Welt eben war. Und wie dumm.

Wenn ich mal so angefangen habe, von irgendwas zu reden, daß es zum Beispiel Leute gibt, die nichts haben, sone Gespräche waren gar nicht möglich. Charlotte, die war so gläubig, da konnte ich dann mal sowas los lassen. Und der eine Handwerker, der auch im Personalrat war. Aber darum hab ich mich ja gar nicht gekümmert.

Ich hab immer gedacht: Ihr habt zwar diese Sachen alle, aber ihr seid im Grunde so arm. – Ich hab das so vermißt, daß man sich mal Gedanken macht über das, was so um einen rum passiert. Mich haben in M. manchmal so Sachen genervt, wenn krampfhaft überlegt wurde, was können wir nächstes Jahr in den Berufswettbewerb rein nehmen, es sollte ja nun mal was Neues sein. Aber da ist mir richtig klar geworden, daß das so eine tolle Sache ist, Patenschaften zu übernehmen für schwächere Schüler, und Aufbaustunden zu machen. Was haben wir manchmal geschimpft, wenn wir wieder Fußwege kehren mußten. Aber hier habe ich das so erlebt, daß die einzelnen Berufe auch gar keinen Kontakt hatten. Die Reinigungskräfte haben woanders gefrühstückt auf Station als die Schwestern. Sowas. Und da hab ich kapiert, daß das alles zusammen gehört und was wir in M. überhaupt alles richtig gemacht haben.

Wenn ich von F. von der Schwesternschule nachhause kam, wollte meine Mutter mir einen Kuß geben. Da dachte ich immer: Ich bin doch kein Kind mehr! – Ich fand, Küssen ist nur für Kinder und für Verliebte. Das mochte ich nicht. Ich war sechzehn.

Mit dem Land wollte ich nichts zu tun haben. Ich hatte dieses Wissen, was wir in der Partei gelernt haben, daß zum Beispiel die Gewerkschaft hier was für die Arbeiter tut, aber daß sie letzten Endes Teil dieser Gesellschaft sind. Und ich wußte, daß Gewerkschaftsfunktionäre in Aufsichtsräten sitzen. Und ich wußte, daß Gewerkschaftsfunktionäre teilweise überhaupt keine sozialistische Einstellung haben. Und damit wollte ich nichts zu tun haben. Ich wußte, daß die KPD verboten ist und hab eben alles, was da rum lief, als reaktionär abgestempelt. Und ich wußte, hier kann sich eigentlich nur durch eine Revolution was ändern. Ich hab kaum Zeitungen gelesen, eigentlich gar nicht, vielleicht mal irgendwo rein geguckt, wenn eine rum lag. Und die Fernsehzeitung, das war dermaßen reaktionär, die haben ja DDR in Anführungsstrichen geschrieben. Und das hat mich gar nicht aufgeregt, das war eben typisch. Ich hab manchmal über das Niveau gelacht, wenn Hildegard Knef dann berichtete, wie schwer ihre Geburt war, was da für ein Tamtam gemacht wurde. Jede soundsovielte Mutter kriegt ihr Kind ein bißchen schwieriger, und bloß weil das nun Hildegard Knef ist. Aber ich hatte auch gar keine Lust, jetzt da gegen was zu machen. Ich hab so in dem Gefühl gelebt, dieses Land kannst du auch vergessen.

Manchmal hab ich mich ertappt, wie ich mich unterhalten habe über irgendwelche Familienverhältnisse einer sagen wir mal Hildegard Knef. Und gedacht hab: Ich bin schon richtig drin.

Einmal hab ich im Bett gelegen und hab ein ganz lautes Schluchzen gehört, also wie meine Mutter schluchzte ganz laut. Und da hab ich gedacht, ich muß da hin und muß ihr helfen, und bin da hin gekommen und da lagen die beide im Bett und sie hat fürchterlich geweint und er hat immer auf sie eingeredet und sie haben sich auch so bewegt. Und sie sieht mich so und mit ihrem furchtbaren tränenüberströmten Gesicht sagt sie: Geh, geh in dein Bett, es ist nichts. – Und ich ganz verschüchtert und erschrocken und: Herrgott, was macht denn der mit ihr? und: Die weint ja. – Und da hab ich ganz zitternd in meinem Bett gelegen und gedacht: Was ist denn jetzt. Und hab immer gehorcht. Und dann war das vorbei, und ich bin eingeschlafen.

Ich war acht.

Die jungen Mädchen hatten überhaupt keine Ahnung, wie ihr Staat aufgebaut ist. Die hat das auch gar nicht intressiert. Ich hab dann mal gefragt, was sie in der Schule so für Unterricht hatten. Das war ja ganz unterschiedlich. Das war auch schon wieder sowas, daß da jeder Lehrer machte, was er wollte. Bei Prüfungen war offiziell auch Gemeinschaftskunde dabei, da wurden die denn gefragt: Was hat ein Bundestag für Aufgaben, wer ist Kanzler? – Das wußten die nicht. Und es war dann auch gut. Und ich war ja auch während der drei Jahre Ausbildung der einzige, der da mal eine politische Bemerkung machte.

Und wie lästig das oft war, Zeitungsschau zu halten, das war ein Beschluß, na den hielten wir eben ein. Morgens um acht, wenn die Schule anfing, erstmal fünf Minuten Information. Aber wie nützlich das ist! Diese Schülerinnen dann hatten die mittelalterlichsten Vorstellungen von der Welt. Die haben gedacht, in der DDR gibt es Lebensmittelkarten. Oder Hitler, der hatte auch sein Gutes. Es war ungeheuerlich.

Ich hab mal ein Fotoalbum gefunden, als meine Eltern nicht zuhause waren, das war entsetzlich. Das war ein Fotoalbum, und alle Blätter waren voll mit bis aufs Skelett abgemagerten Menschen. Die Blicke waren so undeutlich und so eigenartig und so fremd für mich, ich habe erst beim zweiten dritten Mal Hingucken begriffen, daß die tot sind und die lagen auf einem Haufen und kaum was an und nackt und keine Haare oder Haare geschoren und manchmal so die Hände verkrallt, so dünn und kein Fleisch dran. Und manchmal nur einer in Großaufnahme, ein entsetzlich schwacher Blick irgendwohin. Und manchmal ein ganzer Berg, wo man nicht mehr erkennen konnte, welches Bein zu welchem Körper gehört. Und ein Bild, wo eine Kuhle, so ein Loch ausgehoben war und die da drin lagen und ich hab das dann wieder weg gelegt und das war mir unheimlich. Und wenn meine Eltern weg waren, hab ich das wieder vor geholt und gedacht: Das kann doch nicht wahr sein, hab es wieder angeguckt. Mein Vater war in Polen im Krieg.

Der Vorsitzende einer Prüfungskommission hatte bei einer Schülerin plötzlich deren Lebenslauf vor sich liegen, hatte sich nicht mehr beteiligt am Fragen, hatte schon aufgegeben so ungefähr, das sah ich seinem Gesicht an. Und die war auch wirklich nicht gut, bloß was ich so gemein fand, er sagte, als sie raus war nachher: Wissen Sie, ich hab mir eben deren Lebenslauf angeguckt, zweimal geschieden, sowas Unstetes, was soll man da erwarten.

Wir hatten auch unsere Schmusezeit, so in der Oberschule. Es standen immer zwei Betten zusammen und Rita und ich haben uns geküßt, innig, wir wollten Schauspieler nachmachen und die andern sollten zugucken. Ich war der Mann und sie hat dann so gelegen und ich mich über sie gebeugt, einen Arm unter ihren Kopf gelegt und die Lippen gespitzt und sie auch, und dann war es aber, ich muß sagen, dann war es kribbelig, wir haben uns richtig vergessen, richtig geschmust. Und dann gab es plötzlich so eine Sekunde, dann sind wir auseinander. Wir waren fünfzehn.

Wir hatten ein paar aktive Schüler in der Gewerkschaft. Und da wollten sich mal zwei mit mir unterhalten, denn sie hatten meine Anschauungen zur DDR im Unterricht mit gekriegt, da hab ich ja nie einen Hehl draus gemacht. Und die sind in mein Zimmer gekommen und ich lag schon im Bett und der Fernseher lief und da hab ich noch gedacht: Ich zieh mich doch jetzt nicht wieder an. – Die saßen da in den Sesseln mir gegenüber, und die hatten dann die Traute, wir hatten ja auch immer ein gutes Verhältnis, daß die gefragt haben, warum ich eigentlich nichts für die Gewerkschaft mache. Und ich habe denen gesagt: Ich halte von der Gewerkschaft nichts. Die sind auf seiten der Arbeitgeber, die sind in diesem Land so abhängig von den Arbeitgebern, da kann ich nicht mit arbeiten, das intressiert mich nicht. – Wir hatten das immer so eingeschätzt. Daß die Gewerkschaft gar kein bewußter Teil der Arbeiterbewegung ist. – Und die waren ganz erschrocken. Das hatten die nicht erwartet. Die hatten natürlich gedacht, daß ich doch politisch was machen müßte, das konnten die gar nicht begreifen, meine Reaktion. Und ich hatte gar keine Lust, mich mit denen groß auseinander zu setzen. Ich war so draußen und fremd, ich hab denen irgendwas erzählt, was Theoretisches und aus der Ferne. Und die sind wieder abgezogen. Die Armen.

Zu Prüfungen haben wir in M. immer noch extra eine kleine Feier gemacht und haben uns immer was ausgedacht. Und ein Jahr waren wir drauf gekommen und haben aus Sicherheitsnadeln Ketten gemacht und eine Pflasterrolle dran gehängt und die so als Orden verliehen. Und das hab ich die ersten Jahre hier auch gemacht, das kam auch an. Aber irgendwie hatte ich plötzlich das Gefühl, das ist peinlich. Die Schülerinnen hatten doch nicht so die Beziehung dazu. Und da hab ich das dann gelassen.

Als wir uns angemeldet haben für die Oberschule, da mußten wir einen Fragebogen ausfüllen, und da war auch die Frage: Bist du Bettnässer. Und da hätte ich eigentlich Ja schreiben müssen. Und hätten wir das gemacht, hätten die uns vielleicht nicht genommen. Also habe ich angestrichen Nein. – Und einmal wache ich morgens auf und liege in einer Pfütze. Und ich konnte ja jetzt nicht das Laken nehmen und einfach trocknen. Und was habe ich gemacht, ich hab einfach mein Bett gemacht über der Pfütze. Und ich war auf dem Klo und wir hatten grad Kriegen gespielt und ich komme zurück und alles sitzt still und starrt mich an und ich hab gesagt: Was ist denn. – Und die drucksten rum, und da hatten sie schon den Internatsleiter geholt, und er:

Komm mit in mein Büro. – Ich wußte immer noch nicht, was los ist. Und dann hat er gesagt: Ja, die haben Suchen gespielt und sind auf die Betten gekrabbelt, wie das denn so ist, Kissenschlacht und so, und dann haben die in der Pfütze gesessen. – Und da hab ich angefangen zu weinen, hab gesagt: Ja das ist zuhause schon passiert, aber ich wollte doch so gern hierher und hab das nicht angekreuzt. – Und dann hat er gesagt, hast du deine Regel schon, und vielleicht gibt sich das dann, das hätte er schon gehört. Und hat nichts weiter gemeldet. – Und es war peinlich, in das Zimmer zurück zu gehn.

Jetzt hinterher denk ich manchmal, ich hätte deinetwegen ruhig öfter mal krank machen sollen. Als wir hier im Haus gewohnt haben, unten war die Schule, und du bist mal krank gewesen, dann bin ich runter gegangen und hab zu dir gesagt: Ich komm ja in der Pause wieder. Und du konntest ja auch mal anderthalb Stunden alleine sein. Aber die andern rufen an und sagen: Mein Kind ist krank –, und kommen nicht. Sollen sie ja! Aber ich, ich war doof.

Meine Mutter war ein bißchen herb, ein bißchen zurück genommen. Sie hat uns auch in den Arm genommen und hat auch geschmust, aber nicht sehr viel. Und früher dachte ich, sie ist gefühlskalt. Aber ich glaube, sie war einfach kaputt vom Arbeiten. Sie konnte einfach nicht mehr, sie war froh, wenn sie abends in ihrem Bette lag.

Politisch hab ich mich schon manchmal unterhalten, auch mit Georg. Und zwar immer so, daß ich sehr empfindlich reagiert habe auf Ausdrücke wie Ostzone. Und Sabine hat das immer gesagt. Und ich: Mensch, gewöhn dir das mal an, das ist eben so, es gibt zwei deutsche Länder. – Solche Gespräche hatte ich öfter. Sie hat dann versucht, es zu verbessern, aber das hielt manchmal nicht lange an. Und manchmal hat sie es auch mit so einem Unterton gesagt: Na, DDR. – Und ich dann gedacht habe: Also dann laß es lieber sein. – Sie war nicht überzeugt davon, sie hat es mir persönlich zu Gefallen getan. Sie konnte auch immer gar nicht begreifen, daß ich gar keine Angst habe vor denen da. Und daß ich das akzeptiere, daß Kontrollen sind an der Grenze.

Sie hat dann auch schon mal gefragt, wie oder was man da macht. Hat irgendwas gehört und sagt: Sagmal stimmt das, ich hab gehört, da verdient man schlecht. Zum Beispiel. Und dann hab ich eben erzählt. Hab erzählt von der Ausbildung. Und manchmal hatte ich so den Eindruck, sie glaubt mir nicht so richtig. Einmal sagte sie auch: Ich glaube, du hast ziemliches Heimweh. – Sie hat wohl gedacht, ich seh das alles mit so einem rosa Schleier. Der Unterschied war ihr da zu groß zwischen dem, was sie sonst immer gehört hat und dem, was ich da erzählt hab. Und sie hat mich eigentlich immer so ein bißchen bestaunt, und hat mich dann wieder in Ruhe gelassen. Und hat eben nicht gelästert, das muß ich sagen. Sie hat gemerkt, daß mir an der Politik was liegt, und das war ihr alles ein bißchen unheimlich und das war ihr unverständlich. Aber irgendwie war das bei ein paaren, daß die dann sowas wie einen Respekt gekriegt haben auch.

Auf der Oberschule hatten wir eine, die Karla, das war die Tochter einer Zahnärztin, die total reaktionär war. Und wir haben uns gestritten über FDJ, und sie dann: Du bist ja schon ein halber Kommunist, das ist ja furchtbar, glaub doch nicht, was die in der Schule alles erzählen. – Und sie wußte, daß sie Glück hatte, auf der Oberschule zu sein, es wurden ja erstmal Arbeiterkinder genommen, aber sie war auch im Unterricht immer so ein Provokateur, hat es immer so drauf ankommen lassen. Jedenfalls, das eine ergab das andere, hat sie mir wutentbrannt das FDJ-Abzeichen abgerissen. Und wir gingen grad über eine Brücke, das weg geschmissen in den Fluß. Und ich war baff und sage: Was soll das denn? Dann hole ich mir ein neues, denkste ich laß das jetzt weg? – Aber sie war wohl zufrieden mit sich, mit ihrer Handlung. Sie war so als Kumpel in Ordnung, wenn es unpolitisch zuging. Aber sie hat dann auch richtig gegen die DDR agitiert, hat Versammlungen schlecht gemacht, ist sowieso nicht hingegangen, hat geschimpft und Gerüchte verbreitet über die FDJ, die gar nicht stimmten. – Und da ist eine Sache nachher gelaufen, da mußte ich aussagen. Und zwar haben die Brüder wohl direkt gegen die FDJ gearbeitet, sind auf Versammlungen handgreiflich geworden. Und die Karla ja auch so. Und da kamen Leute in die Schule, und ich wurde auch gefragt, ich lag auch mit ihr in einem Zimmer. Und ich hab eben offen gesagt, daß sie stört. Ich fand keine Veranlassung, sie da zu schützen. Und da waren dann mehrere Aussagen, und da ist sie dann der Schule verwiesen worden. Und ich wußte irgendwie, wenn sie zurück kommt, wird sie ihre Sachen packen und weg gehen. Und sie kam in unser Zimmer, und das war mir ein bißchen komisch. Da hab ich so getan, als wenn ich schlafe. Und da hat sie ihre Sachen gepackt und hat dann gesagt: Irene, bist du wach. Du bist doch noch wach, du hörst mich doch. – Und dann ging die Tür und dann hab ich geweint. Sie hat mir schon irgendwie leid getan. Und dann lag ein Zettel auf dem Tisch: Ich weiß, daß du nicht schläfst. Vielleicht ganz gut so. Machs gut. – Und dann hieß es irgendwann, die sind abgehauen. Ich war vierzehn.

Wenn nicht mit Georg, hätte ich vielleicht einen andern kennen gelernt, aber er war das nun mal, und das war sehr wichtig für mich, daß ich so persönlich auch was hatte, was erlebt hab. Er hat dann manchmal so gesagt: Guckmal, wenn das alles nicht gewesen wäre, dann hätten wir uns nie getroffen.

Und ich hab mich so wenig gekümmert, daß ich nicht mal mit gekriegt habe, daß die DKP entstanden ist. Und neunundsechzig zur Wahl hab ich SPD gewählt. Hab gedacht: Zur Wahl mußt du schon gehen. Also das hab ich schon gedacht. Aber dann diese Kleinere-Übel-Taktik. Bin rein ins Wahllokal, gar nicht groß in diese Kabine da, mein Kreuz gemacht, gar nicht groß auf den Stimmzettel geguckt, fertig. Ich hab ja nie Zeitungen gelesen, nie Nachrichten gehört. Obwohl, die haben das bestimmt auch nicht gebracht, daß die DKP sich gegründet hat. Irgendwo hab ich schon gefühlt, daß nicht wählen nicht geht. Also doof kann man gar nicht sagen. Ich war so stumpf.

Wir wußten ja alle, daß Max Reimann emigrieren mußte vierundfünfzig, Jupp Angenfort war uns ein Begriff, dann zweiundfünfzig war Philipp Müller erschossen worden. Und da hab ich gar nicht für möglich gehalten, daß hier irgendwas Vernünftiges passiert. Ich dachte, da läuft sowieso nichts.

Ich bin auch zur Personalratswahl gegangen, hab auch gewählt, aber hab gar kein Intresse gehabt, was das nun eigentlich ist, ob das von der Gewerkschaft ist oder was. Ich wußte jahrelang gar nicht, daß es Personalvertretungsgesetze gibt, daß das gesetzlich geregelt ist doch. Weil, ich hab ja auch nicht gemerkt, daß die was gemacht haben. Das war ja ein lahmer Verein. Und ich weiß, auf irgendeiner Betriebsversammlung sagte mal der Personalratsvorsitzende zu mir, dieser Handwerker, der war sehr nett, sagte: Sie wollen doch wohl nicht, daß hier alles so wird wie in der DDR. – Und ich: Warum eigentlich nicht, was ist da Schlechtes? – Naja, wandte er sich dann so ab. Das war meine einzige politische Betätigung in den ersten zehn Jahren hier. Ich war nicht nur dumm. Ich war auch überheblich.

Und dann das Private mit Georg, das zog sich ja nun fast sieben Jahre auch hin, und das war ja auch ziemlich nervig. Dieses hin und her, ob er sich nun scheiden lassen soll oder nicht und ob ich überhaupt weiß, was ich wollte oder nicht. Wir konnten ja nur zusammen schlafen, wenn du zur Schule warst, und dann bist du ja auch einmal eher nachhause gekommen, ach das war alles so blöd. Und ich hab dann auch immer mehr Gründe gefunden, hab gesagt, die Nachbarin macht sauber, die ganzen Möbel stehen draußen, du kannst jetzt nicht kommen, das stimmte gar nicht. Ich konnte einfach nicht mehr. Und wir waren alle froh, daß seine Frau nicht mehr getrunken hat, die ist ja Alkoholikerin, und daß sie sich so gefangen hatte. Und er wollte sich ja gar nicht scheiden lassen. Als wir uns kennen gelernt haben, hat er gesagt: Das Kind, da war seine Tochter zweieinhalb. Die wäre jetzt zwölf, die hätte das alles längst überstanden. Also diese Ausreden auch und diese Bequemlichkeit. Und diese Heimlichtuerei, er ist ja Arzt bei uns.

Und da war ich eines der wenigen Male in meinem Leben vernünftig. Hab gedacht, das ist doch letzten Endes nur noch eine sexuelle Angelegenheit. Wir haben ja keine Zeit gehabt, zusammen zu leben. Das reduziert sich dann nachher. Es war wunderschön oft, aber –. Ich hab dann ganz rational denken können, eigenartig. Ich hatte auch gar kein großes Gefühl mehr, das ich da bekämpfen mußte. Ich kann irgendwie um einen Mann nicht mehr soviel Aufhebens machen. Und ich komme ja bis heute gut zurecht.

Auf dem Dorf, in das wir evakuiert waren, das war bevor ich in die Oberschule kam, da hatten wir einen Lehrer, der wohnte bei uns im Haus. Das heißt, wir wohnten in der Schule, weil da meine Mutter sauber gemacht hat. Und der war Junggeselle und hat also sämtliche Frauen des Dorfes vernascht. Er war ja einer der wenigen Männer im Dorf, und dann noch Junggeselle. Ja, und über seinem Zimmer war unser Kinderzimmerfenster. Und meine Schwester und ich haben immer raus geguckt und beobachtet, was sich da unten im Hof abspielte. Und die eine Frau, die war so scharf auf den und er wollte die nicht mehr, wollte die los werden. Und da hat er zu der Frau gesagt: Damit ich weiß, wann du kommst, klingle doch viermal, damit ich dir denn auf mache. – Und mir hat er aber erzählt: Damit ich weiß, daß die das jetzt ist, dann mache ich nämlich nicht auf, verstehste? – Und das fand ich toll, daß er mich einweihte. Und abends hörte ich immer eine Stimme: Walter, mach doch auf, ich weiß doch, daß du da bist. – Und dann hat die an sein Fenster geklopft und wir haben oben gesessen und haben gekichert. Und die hat gebettelt und gebettelt. Ich war zehn.

Ich habe Spaß daran gehabt, aus der Schule was zu machen, die ist immer größer geworden mit der Zeit, ich hatte Erfolge. Und die zweite Sache, die für mich wichtig war, daß du nicht verdorben wurdest politisch, daß ich das schaffe. Daß du nicht von mir weg gingst bewußtseinsmäßig. Und mehr gabs für mich nicht. Ich war einfach müde, ich war alt.

Immer, wenn ich mir was wünschen sollte von drüben, hab ich mir Bücher gewünscht. Das brauchten gar keine bestimmten sein, ich wußte ja, die da kommen sind gut. Und so haben wir allmählich unsere Bücherschränke wieder voll gekriegt. Und wir haben ja auch viel Fernsehen geguckt von drüben, die Kindersendungen sowieso, und auch sonst. Das hat mich also dann schon beruhigt, denn ich hab immer so die Angst gehabt, daß du dich irgendwann mal abwenden könntest. Diese Angst hat mich nie ganz verlassen. Das fing schon an, wenn du über Bücher gesprochen hast, und ich immer dachte: Mensch, das kenn ich gar nicht, was ist das denn jetzt. Also dieses Ungewisse, was bringen sie dir da jetzt in der Schule bei. Aber zum Glück konntest du das immer unterscheiden, hattest früh Urteile, und die Art, wie du von der Schule erzählt hast. Du hattest ja dann auch früh Schwierigkeiten. Und dein Erzählen hat mich dann eigentlich immer beruhigt. Auch wenn du es sicher schwerer hattest als die Kinder, die da nun alles geschluckt haben.

Wovor ich unheimlich Angst hatte, daß du süchtig wirst von irgendwas, Drogen, Alkohol. Daß du irgendwas nicht mehr aushältst. Was ich so unter Ausflippen verstand, das gibt es ja nun viel, dieser Nihilismus, dieses Garnichtmehrdenken. Einmal hast du erzählt, daß da einer mal schlecht geworden ist im Unterricht, und der Lehrer hätte eigentlich wissen müssen, daß das von irgendwelchen Drogen war, und er hat sie einfach nur nachhause geschickt und gesagt: Na denn schlaf dich aus. – Und ihr wußtet alle, was die genommen hat.

Oder, viel früher, ihr habt ein Quiz gemacht in der Klasse, Hauptstädte raten. Und du meldest dich und sagst: Berlin. – Und der Lehrer sagt: Na, wir wollen doch nicht politisch werden. – Und deine Gruppe hat dann auch keinen Punkt dafür gekriegt. Also da bist du aus der Schule gekommen und wolltest da gar nicht wieder hin.

Ich hatte dir irgendwann auch eine Pistole gekauft. Und ich hatte mir geschworen, das nicht zu tun. Ich dachte, ich könnte dir das erklären. Das konnte ich aber nicht.

Ich war auch fast immer Elternsprecher. Aber auch nicht als gesellschaftspolitische Tätigkeit, sondern wieder aus Egoismus. Ich dachte, da hab ich den Kontakt. Ich wollte wissen, wer dich da beeinflußt. Wollte so dicht sein wie möglich. Und hab mich auch gewundert, wie leicht das lief. Im Anfang hab ich mir Notizen gemacht über die Elternabende, Anwesenheitslisten gesammelt, hab gedacht, dann hab ich gleich was für den Rechenschaftsbericht. Rechenschaftsbericht! Das Wort kannten die gar nicht, geschweige daß die irgendwas von mir erwartet haben. Die waren ja froh, wenn nichts lief. Die Eltern waren faul, die meisten sind überhaupt nicht gekommen. Und wenn ich mir überlege, was grade unter den Verhältnissen da alles hätte laufen können. Aber nichts. Langsam kam ich drauf, das ist doch eine Farce, daß ich Elternsprecher bin.

Ich weiß nur, daß es in der Tagesschau kam – warum hab ich da eigentlich Tagesschau geguckt? –, und ich auf den Bildschirm gestarrt habe und es nicht fassen konnte. Dieser Moment. Ich hab dann noch mit der Charlotte in der Zeitung nach geguckt, und sie fuhr ja immer schon rüber, sie hatte ja auch Verwandte, und sie freute sich auch mit und sagte: Jetzt können Sie ja endlich auch, nicht? – Und dann geschrieben, hab meine Schwester einen Antrag stellen lassen, das früheste war dann Weihnachten, ich mußte ja arbeiten, du mußtest zur Schule. Und ich lebte in dem Gedanken: Ich kann da hin. Nur noch daran gedacht. Und sie ist hin gegangen und hat die Anträge gestellt, und sie haben sie wirklich genommen, es war ja, sie haben ja auch gewartet und waren gespannt und konnten es nicht glauben. Also es stimmte wirklich, sie hat mir geschrieben: Es stimmt! – Und mit dir habe ich mich unterhalten, dich gefragt, an wen du dich erinnerst.

Und als wir da durch kamen, die Dörfer da von der Grenze ab, das kannte ich ja nun alles, dann die Namen, die ersten Häuser von M., ich hab gedacht, ich werde verrückt. Wiederum dachte ich aber, ich darf mich jetzt hier nicht so gehen lassen, irgendwie wollte ich das auch nicht vor dir, und ich hatte das Gefühl, ich nerve dich. Und bin auf dem Gang rum gegangen und immer aus dem Fenster geguckt. Und angezogen, und ich raus mit dem Koffer, und die kamen auf mich zu, mir war so schlecht. Ich hab immer gedacht: Ich bin in M., ich bin in M. – Und Ute war auch noch heiser, wir mußten dann auch lachen, sie hat immer gesagt: Ich spreche nicht immer so, ich bin nur heiser. – Kannst du dich da noch dran erinnern?

Und die vielen Besuche. Ich wollte doch alle sehn. Und ich hatte Bilder mit vom Urlaub und hab mir das nicht überlegt, was ich damit mache. Ich wollte einfach zeigen, es geht uns gut. Mir ging das gar nicht um Italien, sie sollten einfach sehn, es geht ohne Thomas gut, sie sollten sich keine Gedanken machen. Wir kommen schon zurecht. Und ich zeige die Bilder in der Runde rum mit Gisela und den andern aus der Krankenpflegeschule, und da sagt Gisela: Da bist du nicht schön, so wollen wir dich nicht. – Und da hat es mir so einen Stich gegeben.

Ich hab dich überall mit rum geschleppt, ich wollte nun, daß sie staunen, wie groß du bist. Ich war stolz doch. Und jedem dasselbe erzählt natürlich, ich hab alle wieder gesehn, alle, alle in einer Woche. Jeden Tag, manchmal dreimal woanders hin, und immer wieder: Das ist schön, daß du da bist, wie geht es – immer wieder dasselbe erzählt. Und es war anstrengend, andauernd kamen die Sachen wieder hoch, es war so eine Mischung aus anstrengend und schön, weil jeder nun auch alles wissen wollte. Es war ja nun wenig Schönes, was ich da so erzählen konnte. Ich mußte eben Teile wieder hoch holen, die ich vergraben hatte erstmal, und das bei jedem wieder.

Bei Gisela war ich das erste Mal ohne dich. Und ich sehe mich noch die Treppe hoch rennen, weil ich wußte, sie steht da oben, und sie rief auch, sie wohnt so drei Treppen hoch, und ich gerannt. Wir haben uns umarmt und geheult, das war toll. Da war ich alleine.

Und sie hat nie Vorwürfe gemacht. Sie hat nur gesagt: Du hast es gewußt, du hast es geahnt, aber du mußtest es erleben. – Sie war.

Und das Gespräch mit den Kolleginnen, bei Marlies. Die konnten das gar nicht fassen, wie ich da arbeiten mußte bei uns, ohne Plan und ohne Klassenbücher und ohne Absprache und nicht mit der geringsten Unterstützung oder Hilfe. Daß das an mir liegt, ob was läuft oder nicht. Und daß die Schülerinnen so wenig wissen. Die haben bloß Mund und Nase auf gesperrt. Und haben eben auch gesehen, daß ich mich verantwortlich fühle. So in der Arbeit ist das ja schnell gegangen, das hätte ich gar nicht ausgehalten, mich da hin zu setzen unter diesen Bedingungen und meine Stunden runter zu reißen und fertig. Und vielleicht auch, daß sie mich beneidet haben, jetzt rein von der Arbeit her. Marlies sagte dann sowas: Naja, wir können hier gar nicht experimentieren, bei uns liegt alles fest. – Das kann dir natürlich auch mal auf die Nerven gehn, ich weiß das ja. Aber im Grunde ist das so toll. Ich bin gezwungen, mir alles mögliche einfallen zu lassen, um nicht völlig zu verblöden und unter zu gehen. Und ich kann es, weil ich in den ersten zwei Dritteln meines Lebens gelernt habe, an andere auch zu denken. Und mich irgendwann mal zuhause gefühlt habe.

Und dann kamst du irgendwann mit Material. Wir hatten in der Großstadt, die hier eine halbe Stunde weg ist, in einem ganz normalen Buchladen die UZ gesehn – das ist auch die ganzen Jahre danach nie wieder passiert –, und die hast du gekauft. Du hast damals alles sowas gekauft. Und ich, ich hab das noch gar nicht kapiert, was das ist. Und plötzlich, ich weiß auch nicht, hast du mir erzählt: Ich habe da angerufen und ich gehe da hin. – Da habe ich überhaupt erstmal gedacht: Mensch, das gibts also, das weiß ich ja gar nicht. Und erstaunt war, daß du da ran gekommen bist. Hab mich gefreut. Und war sehr verwundert. Du hast dann Material mit gebracht, und da standen dann die Selbstverständlichkeiten drin. Aber wenn du die zehn Jahre nicht gelesen hast.

Und dann deine erste Delegation. Das war ein Gefühl. Du hast das erzählt und ich hab gedacht: Geht das denn? Und natürlich ging das. Und da ist mir so klar geworden: Mein Sohn, der in M. gewünscht wurde, geboren wurde, ein paar Jahre gelebt hat, der fährt jetzt in einer Delegation genau da wieder hin. Das hat mich ziemlich mit genommen. Da ist mir das nochmal so klar geworden. Daß du nun deinen Geburtsort als Ausländer kennen lernst.

Und nach einem Jahr in der SDAJ bist du dann in die Partei eingetreten, das geht ja hier sehr früh. Und ich weiß nur noch, daß du gesagt hast: Komm doch mit.

Ich hab dann gleich am ersten Abend meinen ganzen Lebenslauf erzählt. Die wollten mich nur ganz kurz vorstellen als neuen Gast, und ich war so aufgeregt, ich hab gleich alles erzählt, hab mich vorgestellt, hab gesagt: Guten Tag, ich bin Irene Binz, bin die Mutter von dem da, und daß ich jetzt zu euch gehören will. Ich hätte auch schon wieder beinahe geheult, also die haben bestimmt gedacht, was ist das denn für eine. Ich wollte dann auch sofort eintreten, hab gleich den Aufnahmeantrag ausgefüllt. Und das sind die ja auch gar nicht gewohnt.

Mit der Parteigruppe kennt man ja dann auch wieder neue Leute. Du hattest ja immer schon von Fank und Berbel erzählt, Fank hatte ja Aufnahmegespräch mit dir, und hast immer erzählt, wie toll die sind und daß man sich so gut unterhalten kann. Und da fahre ich ja nun oft hin. Und was der Fank so für eine Entwicklung durch gemacht hat vom SPD-Menschen, was der sich für ein Wissen angeeignet hat, also das ist sagenhaft. Der diskutiert über Künstler und über Pseudo-Marxisten und über Gedichte und über Austritte und alles. Eine Arbeiterfamilie, und die haben so wenig Geld, grad wo er jetzt arbeitslos ist, die soviel liest und Bücher hat, und von zuhause überhaupt kein Verständnis oder eine Anleitung in dieser Weise. Das ist enorm. Und neulich sagt er so zu mir: Also ich fühl mich richtig frei. Wenn ich die Kollegen so angucke, was die für Sorgen haben, und womit die sich alles ablenken lassen von den wichtigen Sachen. Ich fühl mich richtig frei, weil ich weiß und die Sache durchblicke. – Das ist so ein Lob auf unsere Sache.

Und hier gibt es ja keine Parteigruppe, und so spielt sich also das Leben eigentlich in der Großstadt ab, seit vier fünf Jahren eben durch die Partei, durch dich. Das war so ein neuer Abschnitt wieder. Der erste Abschnitt war nach drei vier Jahren hier, daß ich aufgehört habe zu heulen, daß ich meine Geschichte erzählen konnte ohne zu zerfließen. Und dann nochmal nach fünf sechs Jahren, daß ich aus meiner Lethargie raus kam, aus meiner Bewußtlosigkeit.

Und die im Haus, so die Freunde auch, die wissen zwar alle, daß ich links eingestellt bin und daß ich also für die DDR bin. Also müßten sie sich ja auch überlegen, daß ich Kommunist bin. Aber soweit denken sie gar nicht, also sowas ganz Schlimmes trauen sie mir dann doch nicht zu. Was ich machen kann, das tue ich ja aber auch, Gelegenheiten nützen, um zu sagen: Du mußt was tun, von selber wird nichts.

Und ich hab ja dann auch Vertretung von Charlotte gemacht, und da war ich auf einmal auf der andern Seite, und das wollte ich doch gar nicht. Auf irgendeiner Gewerkschaftsversammlung hat dann mal eine Schülerin gesagt: Mensch, dieses Gerede kotzt mich an, von wegen wir sind eine Familie. Wir sind keine Familie. – Und ich weiß noch, das hat mich echt getroffen. Da hab ich lange drüber nach gedacht. Und dann hab ich irgendwie gesehn: Die hat recht. Wir sind Arbeitnehmer, und was heißt Familie. Diese Empörung von ihr, die hat mir ganz schön zu denken gegeben.

Genauso, wie ich auch in irgendeiner Versammlung sagte: Na, was sollen wir denn machen, damit es uns besser geht. – Und irgendjemand sagte: Dann müssen wir eben auch mal streiken, wie in einem Betrieb. – Und ich dann: Mensch, wir können doch die Patienten nicht im Stich lassen, das können wir doch in unserem Beruf nicht machen. – Und ich wußte aber im selben Moment, daß es dann keinen

Weg mehr gäbe. Und das hat mich unheimlich getroffen, diese Erkenntnis, daß es nicht anders geht. Meine sogenannte Berufsethik, die war noch so. Aber es war eben die Ethik von jemandem, der abgesichert ist und sich sein Geld nicht erkämpfen braucht und weiß, er hat eine ordentliche Vertretung. Und das ist hier eben alles nicht.

So hat mich die Arbeit doch noch erreicht, so bin ich jetzt also doch fähig, mich auch hier sinnvoll zu verhalten. Das war ja unheimlich lange, daß ich überhaupt nicht kapiert habe, daß ich jetzt hier lebe. Ich lebe hier, ich muß ganz anders denken. Irgendwie war das auch immer egoistisch, daß ich mich nicht ändern wollte. Und egoistisch, dacht ich immer, das sind doch die andern. Sind die ja auch, so oft. Und diese Idealvorstellung vom Menschen, die passt hier einfach nicht her. Ich muß mich oft gegen etwas wehren, ich muß gegen jemanden sein, ich muß manchmal hart sein. Und das war eine ganz schön bittere Erkenntnis.

Ach, und Sabine wollte doch immer heiraten und ich hab immer Daumen gedrückt. Und sie hat auf dich aufgepaßt, wenn ich mit Georg mal wo hin gegangen bin selten genug, und wir haben zusammen geheult und uns gegruselt, wenn ein Film im Fernsehn war. Und dann zog sie weg, hatte es geschafft, heiratete, und wir besuchten uns, und langsam kam das, daß ich wieder anfing zu denken. Und dann sagte sie: Ja, bist du denn da immer noch für. Und: Die Autos müssen Slalom fahren an der Grenze nach drüben. – Und sie hat nicht verstanden, daß das mein Land ist.

Und dann war sie wieder voll guten Willen und sagte: Schick mir was über den Kommunismus. Und ich schickte ihr das Manifest. Und sie hat das wohl auf der Arbeit erzählt – inzwischen war sie wieder geschieden –, und die Kolleginnen haben gesagt: Das? Das ist doch schon hundertfünfzig Jahre alt. – Und da hat sie mich angerufen empört und gesagt: Was schickst du mir denn für altes Zeug. – Und dann hab ich sie besucht und wir haben versucht, uns richtig zu unterhalten, und vielleicht hatten wir getrunken, jedenfalls warf sie mich raus nachts um drei. Und ich sage: Sabine, du bereust das morgen früh. – Und sie schrie immer: Raus! Raus! Mit so einer will ich nichts zu tun haben. – Das war vor vier Jahren.

Ich hatte irgendwann mal die Bibel gelesen ihr zu liebe, ich kannte die gar nicht. Die Sabine hat immer gesagt, ich soll die lesen. Ich glaube, sie glaubt, das ist das Wort Gottes. Es ist ein schönes Buch. Ich bin nicht durch gekommen, aber gern hab ichs gelesen. Und einmal hab ich auch mit Sabine zusammen gelesen. Und sie, wenn jemand Gott lästert oder was sie dafür hält, dann guckt sie kurz hoch. Und wir haben so gesessen, und ich habe vor gelesen, und sie hat immer hoch geguckt. Einfach, weil ich es so komisch auch vor gelesen hab. Es ist eben für mich doch, es ist Geschichte.

Ich hatte ja mal so meine kleine private Anhörung. Es war irgendwas im Krankenhaus, und unser Dezernent, der also zuständig ist für unser Krankenhaus von der Regierung aus, der war in meiner Wohnung, wir warteten auf irgendwas. Und auf einmal sagt er zu mir: Sagen Sie mal, es hat neulich jemand für seine Pflicht gehalten, mir zu sagen, daß Sie Kommunist sind. – Und ich war grade dabei zu trinken, hatte die Tasse so an den Mund geführt, und da hab ich gedacht: Aha. Ich war ja vorbereitet auf sowas, ich hab mir schon öfter überlegt gehabt, wie reagiere ich, was sage ich. Und da hab ich erstmal ganz langsam und beherrscht meinen Schluck getrunken, habe die Tasse abgesetzt und hab gesagt: Wenn jemand da ist, der es für seine Pflicht hält, Ihnen etwas über mich zu erzählen, dann muß er es wohl tun. – Naja, sagt er: so einfach ist das natürlich auch nicht. – Ja, sag ich: Was die Leute so über mich reden, ist mir eigentlich egal. – Und da lacht er so. – Naja, egal. – Ja, sag ich: Wenn die Leute mich so einstufen und Ihnen das sagen, dann muß das wohl so sein.

– Ja, sagt er: Ich muß Ihnen sagen, daß ich das natürlich auch weiter geben mußte an den Oberkreisdirektor.

– Jaja, sag ich: Das glaube ich.

Und zum Abschied hat er mir irgendwie gesagt: Naja, auf Wiedersehn kleine Kommunistin.

Na, ich dachte: Du Arschloch, ehrlich, blöder Hund, was soll das denn? Und da hab ich wieder nichts sagen können.

Wenn sie das wagen, und solche Fälle hat es ja gegeben, mich zu entlassen deshalb, dann gehe ich nicht so einfach. Ich hab hier eine seltsame Stellung im Haus: Ich bin eine der Leitenden hier, unterrichte und bin ja nicht auf Station. Und ich komme gut zurecht. Und ich denke, in so einem Fall steht die Belegschaft hinter mir.

Ich lebe in dem Bewußtsein, daß ich noch in fünfzig Jahren von irgendwem hören werde: Weihnachten in die Ostzone? Haben Sie da keine Angst? – Und immer dasselbe wieder. Und ich werde damit leben.

Wenn ich nur durchfahre, dann hängt die Fahne da, und sie begrüßen einen über Lautsprecher. Dann denk ich: So, jetzt bin ich hier. Und wenn ich dann zurück komme, auch von Besuch, dann bin ich zwar immer noch unheimlich unglücklich. Aber auch andererseits das Gefühl: Jetzt hab ich wieder aufgetankt. Das Gefühl: Ich kann wenigstens hin, ich kann da sein. Das brauche ich. Heimweh hab ich immer nach einem Ort, wo ich weiß, da ist einer, mit dem kann ich mich offen unterhalten. Und das kann ich ja nicht oft.

Seit du mit Richard lebst, komm ich ja öfter auch nach Westberlin. Da gehn wir ja auch immer rüber, ins Theater und so.

Mit Ilse kann ich immer noch über alles reden, ich besuche sie jedes Mal, wenn ich hin fahre. Aber es gibt ein Aber. Ilse war für mich immer die Genossin. Die hat kein Westfernsehn gesehn, nichts, die war ganz absolut und streng. Das hat nach gelassen, das finde ich auch in Ordnung. Aber sie hat eben das Bewußtsein, das ich drüben auch hatte. Sie hat manche Sachen nicht erlebt. Sie kann manches nicht beurteiln und hat manches nur in der Theorie. Sie konnte immer besser argumentieren, sie war ja immer sachlicher, und hat das Fach unterrichtet. Aber sie hat so eine gewisse Blockierung, ich weiß auch nicht. Sie kann zum Beispiel nicht verstehen, daß Leute streiken. Oder Terroristen. Terroristen? Rübe ab! Sie sieht das als Aufruhr, als Unruhe, die doch nicht nötig ist. Am meisten hat mich schockiert, daß sie die Streikbewegung so mißversteht, sogar sie. Also manchmal stehen wir so voreinander und wissen nicht so richtig, was der andere macht. Da ist so viel so ganz verschieden eben. Aber so, ich bin froh, daß ich sie hab.

Auch, wenn die Genossen manchmal über die DDR reden, so besserwisserisch, da werd ich ganz still. Sie können eben manches nicht so beurteiln. Und das merken sie auch manchmal, daß ich da komisch bin.

Und wenn ich irgendwo eingetreten bin, dann hab ich auch was gemacht. Also hin gehn und wieder nachhause gehn, oder wie manche der Schülerinnen, deren Stimme ich kaum kenne, das könnte ich nicht. Na, und Theorie kannte ich ja nun noch, obwohl ich sicherlich nicht alles behalten hab, aber eben, das fand ich immer schon intressant. Und der Fank hat mich irgendwann mal gefragt, ob ich nicht ein Bildungsthema mit vorbereiten könnte, er hätte keine Zeit, er ist der Bildungsverantwortliche. Und zwar war das Gesetz oder Zufall. Und das habe ich unheimlich theoretisch gemacht, vier oder fünf Seiten nur, was ein Gesetz ist. Und das habe ich ihm gezeigt, und der hat gesagt: Mensch, das ist viel zu viel, das ist viel zu wissenschaftlich, das kannst du nicht machen. – Und dann hab ich versucht, das zu kürzen, ist mir aber nicht gelungen. Ich hatte das auch gar nicht anwendbar gemacht. Die Praxis steht ja immer im Vordergrund, und das theoretische Niveau ist hier eben nicht so hoch. Naja, so lernt man eben. Und das ging dann so weiter, Fank geht ja grad auf die Betriebsarbeiterschule hier vom Bezirk, und da mach ich seine Vertretung jetzt schon über ein halbes Jahr.

Die Genossen waren dann ja auch sehr betroffen, als ich nicht aufgenommen wurde. Der Kreis hatte abgelehnt, und ich zog dann an einem Abend den Antrag zurück. Und die Diskussion darauf hin, die hat mich so mit genommen. Ich konnte gar nichts sagen. Es war so schön, daß sie das auch nicht verstanden haben. Und es war so sehr anstrengend. Es geht nicht, weil ich aus der DDR komme.

Als mir der Gruppenvorstand das mitgeteilt hat, der Dieter hat es mir gesagt, er hat immer geredet und war sehr vorsichtig und ich dachte immer: Nein nein nein sie nehmen mich nicht auf ich will und sie nehmen mich nicht. – Es hat soviel Geld gekostet, sagten sie immer, und: Du bist erpreßbar. Du hast als Mitglied alle Rechte, und du bist erpreßbar. – Und die Situation der Partei ist ja nun wirklich nicht so, daß sie sich sowas erlauben könnten. Und Lydia, Lydia war noch dabei, Lydia sagte immer: Du, wir sind alle dafür, daß du aufgenommen wirst, aber wir müssen das verstehen. – Beim ersten Antrag von mir hat es der Kreis abgelehnt, bei meinem zweiten Antrag der Bezirk, jetzt vor einem Jahr der Parteivorstand. – Und es hat wohl auch Diskussionen gegeben im Gruppenvorstand stundenlang. Aber das weißt du ja. Du warst ja im Gruppenvorstand.

Als du ganz klein warst und du bist hin gefallen, da hab ich immer gesagt: Komm her, ich heb dich auf. – Und dann bist du auf gestanden und zu mir gekommen, und ich hab dich auf den Arm genommen und es war gut.

Ich hab meinen ehemaligen Schulleiter nochmal besucht in M., nach den vielen Jahren. Und ich hab mich so beherrscht, ich hab nicht geheult. Ich wollte mit ihm sprechen, mit ihm ins reine kommen. Es war sehr schlecht für die Partei, hat er gesagt, du warst so ein Vorbild. Und ich hab ihm erzählt, daß ich hoffe, doch noch in die Partei aufgenommen zu werden irgendwann. Und daß ich mir ein kleines eigenes privates Mitgliedsbuch angelegt habe und immer spende und die Arbeit mit mache.

Und eines Tages hab ich mir auch gesagt: Ich bin überhaupt kein Mitglied und bringe denen das Programm nahe. – Irgendwann ist mir klar geworden, daß das eine ungeheure Vertrauenssache ist. Das hab ich mir so richtig laut gesagt. Also ich hab begriffen, ich bin vollwertig, auch ohne das Buch. Das ist schon toll. Und es macht mir Spaß, das vorzubereiten, und es gelingt bestimmt nicht immer alles, aber es ist schön, es macht Spaß.

Ich hab mich mal mit Erika unterhalten, ich besuch sie ja immer, und da hat sie mich gefragt: Wenn du es dir aussuchen könntest, wo möchtest du leben. Und dann meine Antwort: Ich würde gerne in der DDR leben. – Und sie sagte: Das glaube ich dir nicht. – Und als sie dann gemerkt hat, daß es mir ernst ist. Sie kann nicht verstehen, daß ich mich nur da zuhause auch fühlen kann, wo der Sozialismus ist. Die kann sich nicht vorstellen, daß ich mich hier nicht wohl fühle. Und das hat uns ein bißchen entfremdet damals, dieses Gespräch. Und später haben wir wieder darüber gesprochen, über dieses Gespräch, und da sagt sie: Irene, so richtig kann ich dich nicht verstehen, aber du hast ja immer schon sone Ideen gehabt, also da bin ich ja oft nicht mit gekommen. Ist in Ordnung so. –

Ich bin manchmal richtig erschrocken, wenn ich mich ertappe und merke, wie egoistisch ich schon selbst geworden bin und daß ich Sachen mache, die ich früher nie gemacht hätte. Und ich mache das aber, weil ich merke, so eine Ehrlichkeit wie ich sie richtig finde und gewohnt bin, ist mein eigener Schaden. Zum Beispiel hab ich nie verstanden, daß einer einfach langsam arbeitet. Daß man das gar nicht so ernst nimmt mit der Arbeit. Oder mit Schule schwänzen. Wenn du nachhause kamst und hast gesagt: Ich geh heut nicht zu Sozialkunde. – Ich dann immer doch noch gedacht habe: Du schadest dir doch selbst. – Du hast es mir ja wenigstens noch gesagt. Aber ich dachte immer: Du sollst doch was lernen. – Obwohl ich ja wußte, was die dir da fürn Mist erzählen oft.

Du warst zweieinhalb so, und ich komme in die Krippe und will dich abholen nachmittags, und es war schönes Wetter und ihr habt alle draußen gespielt. Und da ist ein Kind hingefallen und hat unheimlich geweint, und da bist du hin gerannt und hast dem hoch geholfen. Dieses Bild, zwei knapp dreijährige Kinder, die sich so helfen, das war so schön. Hast ihn so richtig gestreichelt und: Ist gut? und so, und dann der andere aufgehört zu schluchzen und dann war es gut.

Was auch dazu beigetragen hat, daß ich mich abgefunden habe, das war die Gewißheit, durch das alles den Thomas nun los zu sein. Ich hätte in M. niemals den Wunsch gehabt, jemand anders zu heiraten, ich hätte immer mich verpflichtet gefühlt, ein schlechtes Gewissen gehabt. Und diese Klarheit, die ist gut. Der Preis dafür war hoch. Aber wofür kämpfen wir denn, wir Kommunisten? Daß wir nicht mehr kämpfen müssen.

Meine allerfrüheste Erinnerung ist, da muß ich so zwei gewesen sein, da hatte ich einen neuen Spielanzug, ein weicher Wollanzug. Und wir sind gegangen und ich bin gestolpert und hin gefallen. Dieser Moment. Kein Ärger, keine Freude. Ich weiß nicht, ob da einer war, der da reagiert hat, keine Stimme, nichts. Einfach nur, daß ich weiß: Ich hab da etwas ganz Weiches gehabt.

Ich hab sehr lange gedacht, wenn du mal selbständig bist und wir nicht mehr zusammen leben müssen, dann gehe ich zurück. Weil ich da hin gehöre. Und dann hatten wir doch auch mal so die Vorstellung, du würdest da studieren. Wie das wohl ist. Und Ilse sagte dann immer noch, träumt jetzt nicht rum. Und früher, vorher, ehe ich mein Bewußtsein wieder gekriegt habe, da hab ich mir immer vorgestellt, ich gehe als Rentnerin zurück, dann kann ich meinen Lebensabend in Ruhe da verbringen, wo ich hin gehöre. Und dann kriegte ich aber Zweifel. Daß ich dachte: Nee, das ist auch schmarotzerhaft. Und inzwischen weiß ich: Ich bin schonmal aus privaten Gründen abgehauen. Und wenn ich jetzt rüber gehen würde, wäre das wieder egoistisch. Ich würde mich ja ins gemachte Nest setzen. Ich persönlich bin enttäuscht und vielleicht auch so ein bißchen verbittert. Über mich. Ich bin nicht mehr in der Partei, das hab ich mir ja selbst zuzuschreiben. Daß das alles so gekommen ist. Und ich bin jetzt, endlich, nach fünfzehn Jahren so weit, daß ich sage: Ich bin so ein Mitbürger. Ich bin es nicht gerne, aber ich bin jetzt Bundesbürger und ich will, daß sich hier was ändert. Und ich bleibe hier.

Gemeinsam auf Reisen in Frankreich: Mutter und Sohn 1975 vor dem Schloss Versailles

7

Und du?

Anmerkungen

S. 21: *AGL-Vorsitzende*
Abteilungsgewerkschaftsleitungen (AGL) wurden in DDR-Betrieben mit mehr als 300 Mitgliedern des Freien Deutschen Gewerkschaftsbundes (FDGB) in den Betriebsabteilungen eingerichtet. Sie waren ein Bindeglied zwischen den Betriebsgewerkschaftsleitungen (BGL), denen sie unterstellt waren, und den in ihrem Bereich bestehenden Gewerkschaftsgruppen.

S. 21f.: *Parteiversammlung/Parteisekretär*
In Betrieben und größeren Institutionen der DDR existierten Parteigruppen als die kleinsten Organisationseinheiten der Sozialistischen Einheitspartei Deutschlands (SED). Diese Parteigruppen wurden zu einer Abteilungsparteiorganisation (APO) und auf der nächsten Ebene – in kleineren Einrichtungen auch direkt – zu einer Grundorganisation (GO) zusammengefaßt, der ein Parteisekretär vorstand. Er kümmerte sich u. a. um die Organisation und Durchführung der politischen Schulung und Fortbildung.

S. 22: *Kandidatur/Kandidat*
Um in die SED einzutreten, mußte man sich mit einem schriftlichen Antrag als »Kandidat der SED« bewerben. Die Bewerber benötigten dafür jeweils zwei Parteimitglieder, die für sie bürgten. Nach Ablauf einer, zunächst der sozialen Herkunft entsprechend gestaffelten und ab 1963 einheitlich vorgeschriebenen, Kandidatur von einem Jahr wurde über die Aufnahme in die Partei entschieden.

S. 24: *GeWi*
Gemeint ist das Pflichtfach Gesellschaftswissenschaften.

S. 25: *FDJ*
Die Freie Deutsche Jugend (FDJ) wurde 1946 als unabhängige Jugendor-

ganisation gegründet. Sie organisierte die Jugendlichen der DDR ab dem Alter von 14 Jahren; ihr Hauptziel war deren sozialistische Erziehung.

S. 27: *Parteilehrjahr*
Das Parteilehrjahr diente Mitgliedern der SED zur politischen Fort- und Weiterbildung. An den in diesem Rahmen veranstalteten Seminaren durften auch Nichtmitglieder teilnehmen; sie waren gehalten, dies zu tun, sofern sie leitende Funktionen innehatten.

S. 28: *Pioniergruppe*
Die Pionierorganisation »Ernst Thälmann« wurde 1948 gegründet und als Unterorganisation der FDJ geführt, in der die Kinder im Alter von 6 bis 14 Jahren organisiert waren.

S. 30: *alles geplündert*
Gemeint sind die Ereignisse um den 17. Juni 1953, an dem die Streiks und Demonstrationen, die sich gegen Lebensmittel- und Stromknappheit, steigende Arbeitszeiten und sinkende Löhne richteten und in weiten Teilen der DDR stattfanden, nach wenigen Tagen von sowjetischen Truppen niedergeschlagen wurden. An mehreren Orten war es zu Besetzungen und Plünderungen von öffentlichen Einrichtungen und Gebäuden, zur Erstürmung von Haftanstalten und in einzelnen Fällen zu Brandstiftungen gekommen.

S. 31: *RIAS*
Gemeint ist der »Rundfunk im amerikanischen Sektor« mit Sitz im Westberliner Bezirk Schöneberg.

S. 50: *Es ist zu.*
Gemeint ist die Abriegelung der Sektorengrenzen am 13. August 1961, die den Bau der Berliner Mauer einleitete. Zwar existierte die innerdeutsche Grenze bereits seit 1949, sie wurde von der Bundesrepublik jedoch nicht offiziell anerkannt. Diese Demarkationslinie wurde von seiten der DDR ab 1952 verstärkt abgeriegelt und zu einem militärisch bewachten Grenzstreifen ausgebaut. Mit dem Bau der Mauer war eine Überschreitung oder Kontaktaufnahme in Richtung Westen fortan nahezu unmöglich.

S. 51: *Betriebskrippe*
Um die Vereinbarkeit von Familie und Beruf sowie die Berufstätigkeit von Frauen im allgemeinen zu ermöglichen, bemühte man sich in der DDR um ein breites Angebot an staatlichen Kinderbetreuungseinrichtungen wie betriebliche und allgemeine Tages- und Wochenkrippen, Kindergärten und Schulhorte.

S. 64: *Jugendtourist*
Ronald M. Schernikau meint offensichtlich eine Vorgängerorganisation des 1975 gegründeten Reisebüros der FDJ, das für Jugendliche Auslandsreisen in sozialistische Länder organisierte, da die erwähnte Reise bereits 1962 stattgefunden hat.

S. 68: *Und damals war das ja illegal.*
In der DDR galt zunächst ein Indikationenmodell, wonach Abtreibungen nur erlaubt waren, wenn es medizinisch notwendig war, die Schwangerschaft abzubrechen. 1972 wurde ein neues »Gesetz über die Unterbrechung der Schwangerschaft« eingeführt, das eine Fristenregelung beinhaltete und den Abbruch bis zur 12. Schwangerschaftswoche erlaubte.

S. 78: *wollte Polin werden*
Aus der Volksrepublik Polen konnte man leichter in den Westen ausreisen als aus der DDR.

S. 79: *Ich hatte mich ja angemeldet für eine Wohnung.*
In der DDR war das Recht auf Wohnraum zwar in der Verfassung verankert, doch es herrschte großer Wohnraummangel, dem der Staat mit Wohnungsbauprogrammen begegnete. Die Zuteilung einer Wohnung war behördlich geregelt und nicht selten eine langwierige Angelegenheit.

S. 81: *Über den Geteilten Himmel hab ich geheult.*
Gemeint ist die Erzählung *Der geteilte Himmel* von Christa Wolf, die 1963 im Mitteldeutschen Verlag erschien und 1964 von Konrad Wolf verfilmt wurde.

S. 96: *Haushaltstag*
Der Haushaltstag war ein freier, bezahlter Tag pro Monat, der nicht vom Urlaub abgezogen wurde und für Haushalts- und Familienangelegenheiten zur Verfügung stand.

S. 97: *Aufnahmelager*
Nach ihrem Eintreffen in der Bundesrepublik wurden Flüchtlinge aus der DDR in eines der drei Notaufnahmelager in Berlin-Marienfelde, Gießen oder Uelzen aufgenommen, wo das Aufnahmeverfahren eröffnet wurde. Anerkannte politische Flüchtlinge erhielten den »Flüchtlingsausweis C«, der ihnen eine zusätzliche Unterstützung gewährleistete.

S. 116: *Meister Nadelöhr*
Hauptfigur der Fernsehserie des DDR-Kinderfernsehens »Meister Nadel-

öhr erzählt Märchen«, 1955–1975 gespielt von Eckart Friedrichson, die später in »Zu Besuch im Märchenland« umbenannt wurde.

S. 133: *Sagen Sie mal, könnte meine Freundin nicht schnell mit rüber kommen?*
Für eine Reise bzw. einen Besuch in die DDR waren Transit- und Einreisevisa erforderlich, die überwiegend an den Grenzübergängen ausgestellt wurden. Da Pässe mit Westberliner Adresse von den DDR-Behörden nicht anerkannt wurden, mußten Westberliner vorher einen Berechtigungsschein für ein Tages- bzw. Mehrfachvisum beantragen. Übernachtungen in Ostberlin waren generell untersagt, weshalb die Rückkehr der bundesdeutschen Bürger bis 24 Uhr, die der Westberliner bis 2 Uhr des Folgetages erfolgt sein mußte.

S. 134: *HO-Zeichen/HOG*
Gemeint ist das staatlich geführte Einzelhandelsunternehmen und Gaststättennetz »Handelsorganisation« (HO) bzw. die »Handelsorganisation-Gaststätte« (HOG).

S. 157: *DKP*
Die Deutsche Kommunistische Partei (DKP) wurde 1968 gegründet und war bis 1990 die mitgliederstärkste linke Partei in der Bundesrepublik.

S. 157: *Max Reimann*
Politiker der Kommunistischen Partei Deutschlands (KPD) und später DKP (1898–1977), Mitglied des nordrhein-westfälischen Landtages 1946–1954, Mitglied des Deutschen Bundestages 1949–1953. Nach der Ablehnung des Grundgesetzes durch die KPD und Reimanns Protest gegen das Besatzungsstatut entzog er sich 1954 einem Haftbefehl durch Flucht in die DDR, wo er von Ostberlin aus für die Wiederzulassung der 1956 verbotenen KPD eintrat. 1968 kehrte er nach Westdeutschland zurück und trat in die DKP ein.

S. 157: *Jupp Angenfort*
Josef »Jupp« Angenfort, Politiker der KPD und später DKP (geboren 1924), 1951 jüngster Abgeordneter im Landtag Nordrhein-Westfalen. Als Vorsitzender der westdeutschen FDJ, die im April 1951 und noch einmal im Juni desselben Jahres verboten worden war, wurde Angenfort 1955 wegen Hochverrats zu einer mehrjährigen Zuchthausstrafe verurteilt und 1957 von Theodor Heuss begnadigt. 1962 wurde er erneut verhaftet, floh jedoch aus dem Polizeigewahrsam in die DDR.

S. 157: *Philipp Müller*
Arbeiter und Kommunist (1931–1952), ab 1948 Mitglied der FDJ, 1950 Eintritt in die KPD. Er wurde am 11. Mai 1952 bei einer Demonstration gegen die Remilitarisierung der Bundesrepublik von einem Polizisten erschossen.

S. 160: *Hauptstädte raten*
Ostberlin war die Hauptstadt der DDR, wurde von der Bundesrepublik jedoch nicht als solche anerkannt.

S. 161: *Ich kann da hin.*
Gemeint ist das von der Volkskammer der DDR am 16. Oktober 1972 beschlossene »Gesetz zur Regelung von Fragen der Staatsbürgerschaft«, das allen Bürgern, die die DDR vor dem 1. Januar 1972 illegal verlassen hatten, offiziell die Staatsbürgerschaft entzog und dadurch ihre strafrechtliche Verfolgung bei einem etwaigen Betreten des ostdeutschen Staatsgebietes beendete.

S. 164: *UZ*
Die Zeitung *Unsere Zeit. Sozialistische Zeitung – Zeitung der DKP* (UZ) ist das offizielle Presseorgan der DKP und wurde 1969 gegründet.

S. 164: *Delegation / SDAJ*
Der DKP-nahe Jugendverband Sozialistische Deutsche Arbeiterjugend (SDAJ) wurde 1968 gegründet. Zwischen SDAJ und FDJ bestanden enge Kontakte, die durch Besuche von SDAJ-Delegationen in der DDR vertieft wurden.

S. 167: *das Manifest*
Gemeint ist das *Manifest der Kommunistischen Partei*, auch »Das kommunistische Manifest« genannt, das 1847/48 von Karl Marx und Friedrich Engels für den Bund der Kommunisten verfaßt wurde.

S. 168: *meine kleine private Anhörung*
Kommunisten wurden in der Bundesrepublik zwar nicht erst seit dem Verbot der KPD 1956 marginalisiert, doch wirkte sich das Parteiverbot verschärfend auf ihre Lage aus. Politische Betätigungen, Meinungsäußerungen und Kritik, die als kommunistisch eingeordnet wurden, galten fortan als kriminell und wurden strafrechtlich verfolgt.

Ellen Schernikau im Herbst 2009

»Ich hab ihm meine Geschichte geschenkt«

Ellen Schernikau im Gespräch mit Claudia Wangerin

Was denken Sie, wenn Sie nach fast drei Jahrzehnten lesen, was Sie Ihrem Sohn 1981 über Ihr Leben und seine frühe Kindheit erzählt haben?

Als ich das jetzt zum ersten Mal wieder gelesen habe, hat es mich an manchen Stellen doch ganz schön erschreckt. Einerseits finde ich es wunderbar, daß ich meinem Sohn alles erzählen konnte – daß wir so ein gutes Verhältnis hatten, daß ich ihm ohne Hemmungen alles anvertrauen konnte. Aber es sind doch zwei Stellen drin, die ich am liebsten gestrichen hätte. Zum Beispiel weiß ich nicht, ob die Welt wissen muß, wie ich meinen ersten Orgasmus bekommen habe.

Ich selber finde nichts dabei, daß ich es erzählt habe, also sollte ich dazu stehen. Auf der anderen Seite wird es Leute in meiner Umgebung geben, die das unmöglich finden. Jeder weiß ja nun, daß Irene Binz Ellen Schernikau ist. Eine Freundin könnte ich dadurch sogar verlieren.

Aber einmal Mutter, immer Mutter.

Ich habe Ronald die Geschichte geschenkt und mußte damals schon damit rechnen, daß er sie veröffentlicht. Vielleicht hatte ich damals diese Bedenken nicht, weil ich so weit weg war – ich war ja in Hamburg und meine Freundin, die das vielleicht nicht verstehen wird, war in Magdeburg. Vielleicht habe ich mir deshalb keine Gedanken gemacht. Heute mache ich sie mir, aber ich muß dazu stehen. Und ich will auch Ronald gegenüber dazu stehen.

Hat sich die Offenheit während des Gesprächs ergeben oder hat sie sich über Jahre entwickelt?

Diese Offenheit war immer da, wenn wir miteinander gesprochen haben. Dann haben wir auch das besprochen, was uns bewegt. Es gab sicherlich Situationen, da hätten wir mehr reden können. Das werde ich ja leider nie erleben, daß ich mit meinem Sohn rückblickend über diese Situationen sprechen kann. Der Austausch, wie wir heute darüber denken, das fehlt mir. Das ist das, was mir immer noch weh tut. Das ist von der Trauer übriggeblieben.

In mein Tagebuch habe ich einmal geschrieben: ›Das Versäumnis mit den größten Folgen war, daß ich nicht in der Lage war, in Soltau mit ihm zu reden. Weil mir selbst jemand zum Reden fehlte, habe ich ihn nicht in die Arme nehmen können, um zu sagen: Das ist uns passiert, und jetzt müssen wir zusammenhalten. Oder: Wie geht es dir eigentlich? – Ich hätte es gekonnt, wenn es jemanden gegeben hätte, der das gleiche zu mir gesagt hätte.‹

Das bedauere ich heute sehr. In Soltau war unsere erste Wohnung im Westen. Eigentlich hätte ich Ronald in den Arm nehmen und ihm sagen müssen: ›Du, hör mal, das ist jetzt alles schiefgelaufen, der Papi will uns eigentlich gar nicht; und jetzt müssen wir beide mal sehen, was wir daraus machen.‹

Das konnte ich damals nicht. Ich hätte dem Kind mit seinen sechs Jahren nur was vorgeheult, weil ich mich ja selber nirgendwo aussprechen konnte. Vielleicht hätte ich die richtigen Worte gefunden, aber ich hätte dabei viel geweint und ich wollte nicht vor ihm weinen. Das ist in seiner Kindheit zwischen uns schiefgelaufen.

Ihre Geschichte macht nachdenklich, weil Sie gar nicht dem Klischee einer Frau entsprochen haben, die so eine folgenschwere Entscheidung trifft, weil sie einen Mann aus Verliebtheit falsch einschätzt. Sie waren beruflich sehr engagiert, vielseitig interessiert und politisch gebildet. Trotzdem ist es Ihnen passiert. Gibt es irgend etwas, das einen emotionalen Menschen vor solchen Erfahrungen schützen kann?

Mein Gefühl hat damals einfach gesiegt. Ich bin '66 aus Liebe weggegangen. Und für meinen Sohn, damit er einen Vater hat – und weil ich mit diesem Mann noch Kinder haben wollte.

Es gab nichts, was mich schützen konnte. Eine Arbeitskollegin hat mich ins Gebet genommen, ich solle doch diesem Mann nicht nachhängen – ich habe zwar nie öffentlich geäußert, daß ich da hin will, aber es wußten ja alle, daß er mir schreibt. Es gab nichts, was mich hätte schützen können. Ich hatte einfach das Gefühl, ich muß da rüber, damit wir eine Familie werden; und mein Gefühl hat damals gesiegt.

Der 13. August 1961 hat mich einerseits schmerzlich getroffen, weil ich dachte: ›Jetzt sehe ich ihn nie wieder.‹ Andererseits war ich aber erleichtert, weil mir da eine Entscheidung abgenommen wurde. Ich hätte genausogut in der DDR bleiben können, aber ich bin ein emotionaler

Mensch. Damals hat bei mir das Gefühl gesiegt. Der Liebe wegen habe ich meine Partei verraten. Es gibt Menschen, denen wäre das nicht passiert. Die hätten an meiner Stelle rational gedacht: ›Einen Vater für mein Kind kriege ich immer noch; und hier ist mein Zuhause.‹ So war ich leider nicht.

Wenn ich eine bessere Menschenkenntnis gehabt hätte – oder sagen wir, wenn ich es gewollt hätte, dann hätte ich vielleicht sehen können, daß nichts daraus wird. Aber ich wollte das vielleicht auch nicht sehen.

Selbst wenn er mir von einem weiteren Kind erzählt hätte, hätte mich das nicht abgehalten. Aber mir zu verschweigen, daß er mit der Familie schon zusammenwohnt, das war natürlich heftig. Nein, damals konnte mich nichts schützen; ich habe schwer dafür bezahlt.

Ich bereue das auch nicht – ich war halt damals so. Es ist passiert, was soll ich da bereuen? – Ich kann nur sagen: Schade, daß ich damals noch nicht weit genug war, das zu durchschauen. Aber mit dem Wissen von damals konnte ich nicht anders. Deshalb gibt es keine Reue.

Vieles, was ich im Westen erlebt habe, hätte ich sonst eben nicht erlebt – und ich habe ein Leben geführt, in dem ich beruflich immer Glück hatte. Bis auf die erste Stelle als Unterrichtsschwester mußte ich mich nie um eine Stelle bewerben, ich wurde immer weiterempfohlen, weil ich gut war. Und die Arbeit hat mir immer Spaß gemacht. Es gab nur einen Tag, an dem ich gefehlt habe, da habe ich gelogen. In Hamburg hatte ich in der Fortbildung für leitendes Pflegepersonal eine Klasse mit Bundeswehrsoldaten, die zwölf Jahre gedient hatten und eine Kurzausbildung in Krankenpflege bekamen. Die redeten im Kasernenhofton und waren in ihrer ganzen Art so was von unangenehm, daß ich eines Morgens aufgewacht bin und beim Gedanken an diese Klasse entschieden habe, dort anzurufen und mich mit Brechdurchfall zu entschuldigen.

Aus welchem Grund auch immer – ich hätte diese Klasse an diesem Tag nicht ertragen können.

Bis auf diesen einen Tag habe ich immer gerne gearbeitet. Ich bin immer dagewesen, habe immer alles gegeben, auch in der BRD. Ich hatte eine gute Zeit – es wäre gelogen, wenn ich jetzt sagen würde, es war alles schlecht.

Aber die ersten zehn Jahre waren hart.

Der erste Tag in Lehrte, das war ungeheuerlich. Als Unterrichtsschwester wurde ich der Klasse vorgestellt, nachdem es dort drei Jahre lang keine gegeben hatte. Trotzdem haben die Schüler Examen gemacht. Das kam mir alles mittelalterlich vor. Weder habe ich mich vorgestellt noch nach den Namen gefragt – ich fing sofort an zu referieren, weil ich es nicht ertragen hätte, mich vorzustellen und zu sagen, wo ich herkomme. Die wußten das zwar, aber ich selbst hätte es nicht sagen können, weil ich Angst hatte, in Tränen auszubrechen. Das wollte ich mir nicht leisten.

Aber ich konnte dort etwas aufbauen. Als ich ankam, hatte die Schule nur zwölf Schüler. Nach zwei oder drei Jahren waren es fünfundsiebzig. Und heute sagen sie mir, es sei eine gute Zeit gewesen. Später habe ich dann auch von mir erzählen können, aber am Anfang überhaupt nicht.

Dann habe ich einen Mann kennengelernt, der wirklich versucht hat, mich zu verstehen. Er war ein toller Mensch; ich konnte ihm meine Geschichte erzählen, aber natürlich konnte auch er sich nicht voll in mich hineinversetzen. Das war eine Liebe, die mehrere Jahre gedauert hat, obwohl sie keine Zukunft hatte. Das wußte ich. Mein Bedürfnis war es einfach, in den Arm genommen zu werden.

Innerhalb dieser ersten zehn Jahre bekamen Sie die Möglichkeit, zu Besuch in die DDR zu reisen. Die politischen Rahmenbedingungen sind heute nicht mehr allen geläufig.

Im Zuge der Verhandlungen zum Grundlagenvertrag, der 1972 zwischen den beiden deutschen Staaten geschlossen wurde, wurde ich offiziell ausgebürgert und konnte mit meinem BRD-Ausweis nach sechseinhalb Jahren zum ersten Mal in die DDR reisen. Wäre ich vorher zu Besuch eingereist, hätte das Knast bedeutet, weil ich 1966 illegal im Kofferraum die DDR verlassen hatte. Deshalb konnten wir sechseinhalb Jahre nicht nach Hause.

Nachdem das in den Nachrichten kam, war ich eine der ersten, die die Möglichkeit genutzt haben. Einer der Chefärzte in der westdeutschen Kleinstadt sagte damals: ›Sind Sie wahnsinnig, da können Sie nicht hin, die buchten Sie doch ein.‹ Da sag ich: ›Nein, ich hab's in den Nachrichten gehört.‹ Er fragt: ›Vertrauen Sie denen?‹ Und ich sag: ›Ja, ich vertraue denen.‹

Ronald war damals zwölf. Wir haben in der einen Woche zwischen Weihnachten und Neujahr vierundsechzig Personen wiedergesehen – ich hab es gezählt – und das arme Kind mußte sich ständig anhören: ›Bist du aber groß geworden.‹

Sie fanden es immer richtig, als Mutter berufstätig zu sein. Trotzdem haben Sie in der DDR einmal geweint, weil nicht Sie es waren, die entdeckt hat, daß Ihr Sohn schon Zähne hatte. Sie waren ein bißchen eifersüchtig, weil er manches nicht von Ihnen gelernt hat, sondern von seinen Betreuerinnen in der

Kinderkrippe. Was denken Sie heute, wenn Sie Debatten über Kinderbetreuung in Deutschland verfolgen?

Kinder sind unsere Zukunft und müssen in jeder Beziehung unterstützt werden. Dazu gehören mehr Krippen- und Kindergartenplätze mit gutem Personal, aber dazu gehört auch die Möglichkeit der Arbeitszeitverkürzung – gerade für alleinerziehende Mütter und Väter, die es ja inzwischen auch gibt; und das möglichst bei vollem Gehalt. Man sollte die Mittel so verteilen, daß Mütter und Väter möglichst viel Zeit mit ihren Kindern verbringen – und daß für die Bildung gesorgt ist; und die Mittel muß jemand verteilen, der Ahnung davon hat.

Das habe ich im nachhinein begriffen, wie wichtig es ist, im ersten Jahr möglichst viel Zeit mit dem Kind zu verbringen. Damals in der DDR kriegten wir unsere Kinder, mir wurde eine Wohnung sozusagen hinterhergeschmissen. Der Krippenplatz war da; ich mußte mich um nichts sorgen – aber ich mußte das Kind eben auch nach acht Wochen in die Krippe geben, weil ich ja arbeiten mußte; und ich konnte Ronald nur sehen, wenn ich zum Stillen rübergegangen bin. Bei mir kam noch hinzu, daß ich in leitender Position gearbeitet habe und mein Kind nur alle zwei Wochen am Wochenende sehen konnte. Das war schon heftig, ich konnte das auch nach einem Dreivierteljahr nicht mehr aushalten. Deshalb habe ich mir eine andere Stelle geben lassen. Zur Not hätte ich auch geputzt, ich hätte alles gemacht, um mehr Zeit mit meinem Kind zu verbringen, aber zum Glück bekam ich dann dieses Angebot als Lehrausbilderin.

Als alleinerziehende Mutter sind Sie im Westen zum ersten Mal diskriminiert worden. Das gesellschaftliche Klima in der

DDR war aus Ihrer Sicht fortschrittlicher. Wann haben Sie in der BRD wahrgenommen, daß die Studentenbewegung von 1968 die bürgerliche Moral etwas gelockert hatte?

In dieser Zeit war ich in einer gedanklichen Stagnation – ich habe von der sogenannten Achtundsechzigerbewegung Null mitgekriegt. Erstens lebte ich in einer Kleinstadt, da tat sich sowieso nichts in dieser Richtung. Zweitens haben wir zwar Nachrichten gesehen und wußten, was in der Welt passiert, aber es ging an mir vorbei. Eine Zeitlang war ich völlig uninteressiert. Ich wollte ja nicht aus wirtschaftlichen oder politischen Gründen in die BRD und hatte gelernt, daß alles, was im Westen passiert und besteht, doch irgendwie in das kapitalistische System integriert ist.

Von der DKP war damals noch nicht die Rede, ich war so mit mir selbst beschäftigt, daß es etwa zehn Jahre gedauert hat, bis ich mir die Welt angesehen habe.

Es war mein Sohn, der mich an die Hand genommen hat. 1975 oder '76 kam Ronald eines Tages nach Hause und sagte: ›Du, ich hab eine Arbeiterfamilie kennengelernt in Hannover. Das sind Leute, die haben die richtige Einstellung. Die sind in der DKP, da mußt du mit hin.‹ Da war er schon in deren Jugendorganisation, in die SDAJ eingetreten. Bis dahin hat mich das alles nicht interessiert; ich wußte noch, daß die KPD in Westdeutschland verboten worden war – das Verbot gilt ja heute noch, das ist ja nie zurückgenommen worden –, und ich habe erst Mitte der Siebzigerjahre durch meinen Sohn mitbekommen, daß es die DKP gibt.

Hat die Lockerung des gesellschaftlichen Klimas nach 1968 Sie nicht auch etwas beruhigt, als Sie gemerkt haben, daß Ihr Sohn schwul ist?

Es hat eine Weile gedauert, bis das in der Provinz angekommen ist. Für Ronald war sicherlich der Umzug nach Berlin entscheidend. Dadurch blieb ihm sicherlich Diskriminierung erspart. In Lehrte hatten wir ja die seltsamsten Begegnungen – ich bin darauf hingewiesen worden, mein Sohn sei knutschend mit einem Jungen gesehen worden; und ich solle da doch mal durchgreifen.

Hat Sie das damals noch überrascht?

Den ›Verdacht‹ hatte ich eigentlich immer schon. Als er so elf, zwölf, dreizehn war, habe ich gedacht: ›Der ist anders als andere Jungs.‹ Als er knapp sechzehn war, habe ich zufällig gesehen, daß er sich an der Tür von einem Freund mit einem Kuß verabschiedet hat. Da habe ich gedacht: ›Wußt ich's doch.‹ Ich bin schnell in mein Zimmer zurück, aber er hat dann doch gesehen, daß ich es gesehen habe. Da haben wir uns angelächelt – und das war's.

Meine einzige Sorge war: ›Der wird's mal nicht leicht haben.‹ Und das war ja dann auch so. Aber er hat sich wunderbar verteidigt. Er hat von klein auf gewußt, daß er anders ist. Nicht nur sexuell, sondern insgesamt.

Er mußte ja schon in der fünften Klasse erfahren, daß er als Kind der DDR nicht geachtet war. Er kam nach Hause und ich sagte: ›Natürlich gibt es die DDR; und natürlich heißt ihre Hauptstadt Berlin.‹ Da war er zehn oder elf.

Er fiel sowieso auf und hat das dann auch gepflegt. Irgendwie hat er es von klein auf verstanden, so etwas wie Selbstbewußtsein aufzubauen. Er hatte die Einstellung: Ich bin ein Mensch; und wenn ihr mich nicht anerkennt, ist das euer Problem – ich weiß, daß ich jemand bin. So hat sich sein Leben immer gestaltet. Er hat immer gewußt, was er wollte, und hat sich nie den Mund verbieten lassen.

Einmal hatten wir im Schwesternheim eine Flurfete. Jeder kam aus seinem Zimmer und brachte einen Stuhl mit raus; es gab Wein – und in dieser Runde saß eine Krankenschwester, die ich ausgebildet hatte. Sie sagte ganz ernst: ›Ronald, nun stell dir mal vor, ich würde jetzt die Christel küssen.‹ Und was macht mein Sohn? – Der sagt: ›Mach doch.‹ Das ist doch stark. Da wurde gekichert und dann hat keiner mehr was gesagt.

Mein Interesse an der Politik ist erst durch meinen Sohn wieder erwacht. Als ich die Menschen in der DKP kennengelernt hatte, habe ich gleich einen Aufnahmeantrag gestellt. Und dann ging das Theater los, das sich über Jahre hinzog. Das ging bis nach Düsseldorf zum Hauptvorstand. Es ging so weit, daß der Kreisvorstand der SED in Magdeburg befragt wurde, ob meine Geschichte stimmt, ob ich wirklich nicht aus politischen Gründen weggegangen bin. Das wurde auch bestätigt, sie haben zu meinen Gunsten ausgesagt. Aber das Abkommen war nun mal so, deshalb bin ich immer wieder abgelehnt worden. Das war eines der schmerzlichsten Erlebnisse für mich. Das meine ich mit ›schwer dafür bezahlt‹.

Aber Sie hatten doch letztendlich das Vertrauen der Parteigruppe vor Ort.

Natürlich, ich habe ja sogar Bildungsarbeit gemacht. Das muß man sich mal vorstellen, als Nicht-Genossin. Manche wußten auch gar nicht, daß ich kein Mitglied bin. Das fiel nur bei Abstimmungen auf, wenn ich meine Hand nicht hob und irgendjemand fragte: ›Was ist denn los, bist du nicht dafür?‹ Da habe ich eben mein privates Mitgliedsbuch geführt und jeden Monat eine Soli-Marke in Höhe meines eventuellen Beitrages eingeklebt. Das habe ich heute noch.

Nachdem ich 1989 nach Magdeburg zurückgekehrt war, bin ich zur damaligen SED-PDS gegangen. Da brauchte ich nur ins Parteibüro zu gehen und habe mit wenigen Worten meine Geschichte erzählt – und ein paar Minuten später hatte ich einen Mitgliedsausweis, in dem als Eintrittsjahr 1958 stand, nachdem ich die Frage beantwortet hatte, wann ich in die SED eingetreten bin. So einfach war das plötzlich. Nachdem ich jahrelang darum gekämpft hatte, krieg ich das Ding in die Hand und bin schon seit Jahrzehnten in der SED. Ganz ohne Bürgen, Gruppenversammlung oder sonst etwas. Wahrscheinlich waren sie froh, dass sich überhaupt noch jemand für die Partei interessierte.

Sie haben eine Weile gebraucht, um die Arbeitsmoral mancher Menschen in der BRD zu verstehen, wo der gesellschaftliche Sinn einer Arbeit kein Maßstab für das Ansehen dieser Arbeit ist. Können Sie sich an Schlüsselerlebnisse dazu erinnern?

Eine ehemalige Schülerin aus Lehrte, die ich nach vielen Jahren wiedergetroffen habe, erinnerte mich einmal daran, daß ich sie beiseite genommen hatte – sie sagte mir: ›Weißte, du hast nicht verstanden, wieso ich montags manchmal nicht zur Arbeit gekommen bin. Du hast gesagt, das geht so nicht, du hast hier deine Pflicht zu erfüllen.‹ Aber ich hätte, so sagt sie mir heute, doch immer durchblicken lassen, daß ich sie irgendwie verstand. Das erzählt die mir nach vierzig Jahren. Es hat sie wohl sehr beeindruckt. Da war ich von mir selbst ganz überrascht; ich soll auch gesagt haben: ›Ich bin in der Krankenhausleitung und muß loyal sein. Das ändert aber nichts daran, daß ich eine persönliche Meinung habe.‹ Es freut mich, daß sie sich daran erinnert.

Die neue BRD ist ja nun dabei, sich im einen oder anderen Punkt weiterzuentwickeln. Wenn es um die Kinderbetreuung geht, tut man ja gerne so, als hätte man's erfunden: ›Jedem Kind einen Kindergartenplatz.‹ Wenn ich das höre, denke ich nur: ›Hallo, das hatten wir doch alles schon mal.‹

Aber die Arbeitsmoral hat total nachgelassen. Alle, die in meinem Bekanntenkreis um die sechzig sind und noch arbeiten, freuen sich auf die Rente. Früher hat man sich sehr stark mit dem Betrieb identifiziert. Das ging leider auch manchmal in die falsche Richtung, da wurde auch mal Zellstoff mit nach Hause genommen, anstatt so etwas selber zu kaufen. Aber man hat sich auch verantwortlich gefühlt – und das ist verlorengegangen.

Verantwortlich fühlen sich nur noch diejenigen, die eine Leitungsfunktion haben. Wenn sie die Arbeitsbedingungen so human und sozial wie möglich gestalten wollen, sind ihnen aber auch die Hände gebunden. Was will ich da schon machen, wenn ich vierzig Patienten habe und nur zwei Schwestern in der Schicht? – Das ist einfach eine schlechte Besetzung.

In den achtziger Jahren habe ich zwei Klassentreffen erlebt. Einmal ›20 Jahre Examen‹ in Magdeburg; wenig später in Lehrte. Das war ein irres Erlebnis. In der DDR waren bis auf eine Person alle noch im Beruf, entweder als normale Krankenschwester oder leitend – und die Stimmung war: ›Wir haben manchmal gewisse Mängel, aber wir kriegen das hin, das wird schon.‹ Im Westen war nur noch eine Handvoll in dem Beruf tätig. Alle anderen hatten die Nase voll von der Arbeitswelt. Entweder waren sie völlig ausgestiegen oder haben über den zweiten Bildungsweg studiert. Die Stimmung insgesamt war: ›Laßt mich in Ruhe; sollen die doch machen, ich hab keinen Bock.‹

Der Stellenwert der Arbeit war in der DDR immer hoch. Deshalb können ehemalige DDR-Bürger den Verlust der Arbeit nicht so schnell verkraften wie Westdeutsche, die damit aufgewachsen sind, daß es Arbeitslosigkeit gibt. Wenn ich nicht gerade zu dem Zeitpunkt meinen Sohn verloren hätte, dann hätte mir das schon etwas ausgemacht, nicht mehr zu arbeiten. Aber so war es zu diesem Zeitpunkt für mich in Ordnung. Ich habe immer lehrend oder leitend gearbeitet, so komme ich trotz des Vorruhestands zu einer mittleren Rente.

Als ich in die BRD kam, waren Arbeitskräfte gefragt. Man konnte jederzeit aufhören und kriegte woanders eine Stelle. Gerade Krankenschwestern wurden damals händeringend gesucht. In meiner Leitungstätigkeit habe ich manchmal die Leute höher eingestuft, nur damit sie kamen, wenn einc Stelle schon fünf oder sechs Monate frei war. Eine Zeitlang gab es ein Budget – das gibt es heute nicht mehr –, da konnte ich variieren, Hauptsache, es hat unterm Strich gestimmt.

Haben Sie sich damals nicht für Gewerkschaftsarbeit interessiert, weil die Notwendigkeit nicht so sichtbar war?

Das hatte noch andere Gründe – ich wußte ja, daß Gewerkschafter in Aufsichtsräten sitzen. Deshalb hielt ich das für eine doppelzüngige Geschichte. Es hat mich nicht interessiert. Gewerkschafter hatten hier auch keine Positionen wie in der DDR. Dort war ich in der Hochschulgewerkschaftsleitung, wo wir alles mögliche gemacht und organisiert haben, von der Kinderbetreuung bis zur Verteilung von Ferienplätzen und Leistungsprämien. Aber in der westdeutschen Kleinstadt hatte die Gewerkschaft nichts zu sagen. Wer dort organisiert war, wurde zwar scheel angeschaut und galt als links, hatte aber nichts zu sagen. Ähnlich wie der Personalrat – ich habe lange nicht verstanden, was der für einen Sinn hat. Als ich in der Krankenhausleitung war, mußte ich viel mit dem Personalrat absprechen, aber ich habe sehr schnell durchschaut, daß der oft nur abgenickt hat. Denen blieb gar nichts anderes übrig. Formal mußten sie natürlich auch mal etwas gegenzeichnen, aber das letzte Wort hatte doch der Verwaltungsleiter.

Heute ist das nicht viel anders. Was die Tarifpolitik angeht, machen die Gewerkschaften gute und wichtige Arbeit. Auch in Sachen Arbeitszeitverkürzung haben sie viel erreicht. Aber seit es die Zweite Welt nicht mehr gibt, nicken sie auch nur noch ab. Sie kämpfen zwar, sie schreiben tolle Sachen auf ihre Fahnen, aber sie müssen doch letztendlich zusehen, wie das, was sie in den achtziger Jahren in Westdeutschland erreicht haben, wieder rückgängig gemacht wird. Sie können Vorschläge machen, Bücher schreiben und Losungen aufstellen; das ist auch wichtig und richtig. Aber letztendlich ist die Politik gefragt. Deshalb ist es gut, wenn linke Parteien in den Landtagen und im Bundestag vertreten sind. Gewerkschaften können viel Basisarbeit machen, aber sie dürfen sich auch nicht überschätzen.

Eine ehemalige Schülerin aus Magdeburg wurde da mal ziemlich enttäuscht. Als die Medizinische Akademie privatisiert oder teilprivatisiert werden sollte, ging auch sie dagegen auf die Straße.

Sie war immer unpolitisch gewesen und tat so etwas zum ersten Mal in ihrem Leben. Die Gewerkschaft hatte alle dazu ermutigt und versprochen, es würde ihnen nichts passieren.

Und was war? – Sie mußten alle einzeln bei der Oberschwester antanzen und sich verteidigen. Die Gewerkschaft hatte zuviel versprochen. Sie hätte sagen müssen: Steh dazu, was du tust. Stattdessen verspricht sie etwas, was sie gar nicht versprechen kann. Es war das erste und letzte Mal, daß diese Frau mit auf die Straße gegangen ist.

Sie sind noch nach Ihrem Sohn wieder DDR-Bürgerin geworden. Wie lief die Einbürgerung kurz vor dem Ende der DDR ab?

Ronald ist am 1. September 1989 DDR-Bürger geworden, hat seinen Ausweis aber erst im Dezember bekommen; ich kam am 2. Oktober an. Auch in der DDR mußte man in ein sogenanntes Auffanglager, wie ich es 1966 in Gießen erlebt hatte. Ich kam 1989 nach Röntgental, ins zentrale Aufnahmelager der DDR. Dort mußte man seine Staatsbürgerschaft beantragen. An der Grenze habe ich gesagt, daß ich dorthin möchte – sie haben dort angerufen und sagten mir nach ein paar Minuten, das Aufnahmelager sei voll.

Sie fragten mich, ob ich nicht für eine Woche irgendwo anders unterkommen könnte. Klar, ich konnte zu meiner Schwester nach Magdeburg. Eine Woche später kam ich in Röntgental an. Das Aufnahmeheim hatte so sechzig bis hundert Plätze – und es war wirklich voll mit Rückkehrern. Ich habe dort die irrsten Bekanntschaften gemacht. Achtzig oder neunzig Prozent waren aus einer Urlaubslaune heraus über Ungarn abgehauen oder über die Prager Botschaft. Das waren Leute, die – aus welchen Gründen auch immer – in den Westen gegangen waren und gesehen hatten, daß dort die Bananen nicht auf der Straße herumliegen. Das war schon irre, sich deren Geschichten anzuhören.

Da war ein Neffe von Willi Stoph, der sagte: ›Mensch, ich kriege so eine Abreibung von meiner Verwandtschaft, die wußten gar nicht, wo ich bin – ich war verrückt.‹ Es war eine Art Sog, das erzählten mehrere Leute: Du liegst im Urlaub am Balaton und plötzlich heißt es: Die Grenze nach Österreich ist offen. Die haben zum Teil ihren Trabi dort stehenlassen, sind nur mit Handgepäck rüber und dachten, sie werden da wer weiß wie empfangen.

Ein einziger war dabei, der in Westdeutschland geboren war und nun in die DDR wollte. Ungefähr zehn Prozent waren wie ich irgendwann mal abgehauen und wollten zurück. Da war zum Beispiel eine kinderreiche Familie, die im Westen nie seßhaft werden konnte, weil sie wegen der vielen Kinder nie eine passende Wohnung fand. Fast alle – egal ob sie erst vor einem halben Jahr abgehauen waren oder vor dreißig Jahren – hatten begriffen, daß ihnen da etwas verlorengegangen war, das einen Inhalt hatte. Und so geht es den Menschen jetzt auch.

Ich mußte schweigen lernen, als ich zurückkam. Genauso wie '66 in der BRD. Dort hat niemand verstanden, daß ich nicht aus politischen Gründen die DDR verlassen hatte. Hier mußte ich schweigen lernen, weil keiner verstanden hat, daß ich gesagt habe: ›Das wird jetzt nicht besser.‹ Das haben sie mir nicht geglaubt. Ich konnte schon verstehen, daß sie sich erst mal den Westen ansehen wollten. Auch, daß sie beim Einkaufen ein bißchen mehr Auswahl haben wollten, konnte ich verstehen. Was ich nicht verstehen konnte, war dieser begrenzte Horizont. Ich konnte nicht verstehen, daß sie den Weitblick verloren hatten. Sie hatten ja in der Schule gelernt, welche negativen Seiten der Kapitalismus für den einzelnen hat. Das wußten sie alle, aber es war Theorie.

Lag es vielleicht an einer ganz gewöhnlichen Antipathie zwischen Lehrern und Schülern, die es in jedem Land gibt, daß viele Jugendliche einfach nicht geglaubt haben, was ihnen in der Schule über gesellschaftliche Zusammenhänge erzählt wurde?

Sicher. Mein Neffe hat da zum Beispiel Glück gehabt. Er hatte einen Lehrer, der offen gesagt hat: ›Leute, paßt auf, dies und das ist hier noch nicht in Ordnung, da müssen wir noch dran arbeiten. Das und das haben wir vor.‹ Solche Leute hätten wir gebraucht. Es gab sie, aber wohl zu wenige.

1959 wollte ich aus der Partei austreten – ich war noch gar nicht richtig aufgenommen, als Angestellte hatte ich eine zweijährige Kandidatenzeit, was ich im nachhinein auch albern finde. Arbeiter hatten nur ein Jahr. Noch während dieser Kandidatenzeit hatte ich mir überlegt: Nee, ich will das gar nicht; ich will da wieder raus. Ich ging zu meinem Vorsitzenden und erzählte ihm, wie mich die Doppelzüngigkeit nervte, daß Genossen von meiner Station in der Parteiversammlung anders redeten als im Berufsalltag. Als er sich das angehört hatte, sagte er: ›Ellen, paß auf, Leute wie dich brauchen wir.‹ Da bin ich in der Partei geblieben.

Es gibt seit den neunziger Jahren drei Kategorien von Menschen, die früher in der DDR gelebt haben. Eine krasse Gruppe sind die Jubler, die es wunderbar finden, daß die Mauer weg ist, und kein gutes Haar an der DDR lassen können.

Das andere Extrem ist die Gruppe, die ich als Betonkommunisten bezeichne – sie setzen der DDR einen Heiligenschein auf, den sie nicht verdient hat. Sie würden am liebsten genau da weitermachen, wo sie aufgehört haben, und wollen ihre Mauer wiederhaben – sie wissen natürlich, daß das nicht geht, aber sie vertragen heute noch kein kritisches Wort über die DDR. Ich gehöre zu der Minderheit, die das differenziert sieht.

Ich bin immer noch der Meinung, daß der Sozialismus die Alternative ist, die die Welt braucht.

In beiden deutschen Staaten habe ich sehr gut gelebt. Die Mauer fand ich richtig, weil es damals keine Alternative gab. Wir wollten einen Staat, in dem Bildung nicht vom Geldbeutel abhängig ist – und man hat uns ausgeblutet. Im Westen hat man sich in vielen Bereichen die Ausbildung von Ingenieuren gespart, weil man genau wußte: Die werden in der DDR gut ausgebildet und hauen ab.

Es ist ja bekannt, daß das Bildungswesen in der DDR besser war.

Aber man hat Marx nicht richtig gelesen.

Bei Marx heißt es sinngemäß: Nur die freie Entwicklung des einzelnen kann zur freien Entwicklung der Gesellschaft führen. Das hat man in der DDR entweder überlesen oder nicht verstanden. In jeder Präambel – ob es das Arbeitsgesetzbuch war oder pädagogische Bücher – stand immer der Begriff ›freie Entwicklung der Persönlichkeit‹.

Natürlich kann man das auch auf ›frei von faschistischem Gedankengut‹ begrenzen. So ist nach dem Krieg die Bezeichnung ›Freie Deutsche Jugend‹ entstanden. Aber Karl Marx hat mit ›frei‹ etwas anderes gemeint. Er hatte ja vom Faschismus noch gar nichts gehört. Er hat damit gemeint, daß ich mich frei äußern darf, wenn ich eine Frage habe.

Es kann einfach nicht angehen, daß man in der Schule oder in der Partei zu DDR-Zeiten nicht die Frage stellen kann: ›Wozu gibt es die Mauer, warum kann ich nicht nach Italien fahren?‹

Der darf doch bitte schön nicht zur Antwort bekommen: ›Sag mal, bist du nun für uns oder nicht?‹ Ronald schreibt über die Spannung, als ein Anrufer beim Radiosender DT64 fragte: ›Warum erfahren wir immer nur über die Westmedien, wenn Leute in Berlin in der BRD-Botschaft sitzen, die rüber wollen?‹ Dann kam sinngemäß, es sei doch gut, dass so was bei uns nicht aufgebauscht wird.

Das kann man doch nicht machen. Ronald hat einmal gesagt: Das Übelste und Traurigste, was Kommunisten sich geleistet haben, ist, daß sie aus ihren Bürgern Antikommunisten gemacht haben.

Ihr Sohn hat von 1986 bis 1989 als Westberliner am Literaturinstitut ›Johannes R. Becher‹ in Leipzig studiert. Wie war sein Verhältnis zu den Kommilitonen?

Er ist dort natürlich aufgefallen. In deren Augen war er ein strammer Kommunist; sie sahen in ihm einen, der die DDR hochjubelt, während sie das Alltagsleben dort kannten. Aber Ronald kannte eben auch die Existenzangst in der BRD. Er hat ihnen erzählt, was er in Westberlin für ein Loch von Wohnung hatte, mit Klo auf halber Treppe; und das für dreihundert D-Mark. Seine Kommilitonen haben sich oft über die Wohnverhältnisse in der DDR beklagt. Am liebsten wäre es ihm gewesen, wenn keiner gewußt hätte, daß er aus dem Westen kam. Aber das ließ sich ja nicht vermeiden. Er hat mir erzählt, wie neidisch einige auf seine privilegierte Stellung waren. Die wären natürlich auch gerne mal nach Westberlin gefahren.

Er hatte ja ein Dauervisum, mit dem er hin- und herfahren konnte. Aber allmählich haben sie auch gesehen, daß er die negativen Seiten der DDR erkannt hat. Das haben mir einige bestätigt, die ihn dafür geschätzt haben.

In *die tage in l.* beschreibt er ja genügend Beispiele für die Mängel und Probleme. Deshalb konnte es ja leider in der DDR nicht veröffentlicht werden – weil diese Blödmänner vom Aufbau Verlag und anderen Verlagen den Satz ›Die DDR nervt‹ nicht aushalten konnten. Aber warum kritisiere ich denn jemanden, egal ob es ein Mensch oder ein Land ist? – Weil mir etwas an ihm liegt. Darum sage ich doch: ›Mensch, das klappt noch nicht.‹

Sein Mentor in Leipzig wollte gern, daß *die tage in l.* in der DDR veröffentlicht wird. Als Diskussionsgrundlage. Das wäre wunderbar gewesen.

Zum Ende hin gab es immer mehr Menschen, die unzufrieden waren, weil keine Fehlerdiskussion zugelassen wurde. Das hat die Menschen genervt – und ganz besonders die Jugend, die immer aufmüpfig sein muß. Das ist normal, wenn man anfängt zu denken. Dafür darf man niemanden von der Schule schmeißen – und das ist leider passiert.

War es Glückssache, ob man in der DDR Kommunist oder Antikommunist wurde – hing es am Ende nur davon ab, mit welchem Kadertyp man persönlich zu tun hatte?

So war es leider. Viele waren stromlinienförmig und opportunistisch oder sind sogar nur in die Partei eingetreten, um Karriere zu machen. Aber ich erinnere mich auch an Menschen, die sich geweigert haben, in die Partei einzutreten, nur um einen Posten zu bekommen – und ihn trotzdem bekommen haben, weil sie das Rückgrat hatten. Viele haben bei solchen Gelegenheiten klein beigegeben. Opportunismus ist eine menschliche Schwäche. Andererseits, was soll ich dazu sagen, wenn ich von Menschen aus kirchlichen Kreisen höre, daß sie Kompromisse eingegangen sind, weil ihnen sonst Studienplätze verwehrt worden wären.

Rückblickend meine ich, sagen zu können, der Grundfehler der DDR war die Unfähigkeit, mit Kritik umzugehen. Man konnte nicht zwischen konstruktiver Kritik und Angriff unterscheiden. Viele, die konstruktive Kritik geübt haben, wurden als Meckerer hingestellt.

Auf der anderen Seite war die Solidarität überall spürbar. Nun muß ich mir natürlich immer anhören: ›Tja, wenn es einem Volk nicht gutgeht, dann hilft man sich automatisch; je ärmer ein Land, desto größer die Solidarität.‹ Dazu kann ich nur sagen: Die sozialistischen Länder waren nicht arm. Wir hatten es nicht nötig, uns Westpakete mit Reis und Waschpulver schicken zu lassen. Diejenigen, die das trotzdem gemacht und damit angegeben haben, tun mir leid. Das war wirklich albern.

Allerdings ist Planwirtschaft auch in mancher Hinsicht falsch verstanden worden. Daß Planwirtschaft richtig ist, weiß im Grunde auch jeder Kapitalist, aber man hätte im Sozialismus schon etwas mehr auf die Nachfrage achten können.

Es war eben das erste Mal, daß auf deutschem Boden ein neues Gesellschaftsmodell erprobt wurde. Nach dem Vorbild der Sowjetunion, aber die Abhängigkeit vom großen Bruder war im Westen genauso vorhanden. Da lief doch nichts ohne die USA. Man war abhängig vom Marshallplan. Aber der Westen hatte es insgesamt leichter. Es gab CARE-Pakete und man brauchte keine Reparationskosten zu bezahlen. Wir dagegen haben das getan.

Wir haben materiell nichts geschenkt bekommen. Wir mußten die Sowjetunion ausbezahlen, nachdem es dort Millionen Tote und massive Zerstörungen gegeben hatte. Die Amerikaner konnten leicht auf Reparationen verzichten. Bei ihnen ist ja nichts kaputtgegangen.

Bei uns wurden Bahngleise abmontiert und ganze Fabriken in die Sowjetunion transportiert, als Wiedergutmachung. Aber das sieht heute keiner, was die DDR da geleistet hat.

Andererseits wurde die Kulturszene mit sowjetischer Hilfe wieder aufgebaut. Man hat dafür gesorgt, daß die Theater wieder öffnen konnten. Der Enthusiasmus ist mir noch in guter Erinnerung. Es war wunderbar, als ich jung war. Während wir Ideale hatten, war der Westen von Anfang an nur auf wirtschaftlichen Erfolg programmiert.

Wir haben 1945 keine Revolution gemacht, wir haben von der Sowjetunion die Chance bekommen, etwas Neues aufzubauen, während im Marxismus-Leninismus ja immer von einer Revolution die Rede ist. Die Abhängigkeit vom großen Bruder war ein Problem. Walter Ulbricht wollte sich davon freimachen, aber Honecker war hörig. Er hat ein gutes Wohnungsbauprogramm auf den Weg gebracht, aber nicht auf die Menschen gehört. Das war halbherzig. Man kann Menschen nicht durch eine Wohnung mit Fernwärme ruhigstellen. Das geht nicht. Unter Honecker ist es versäumt worden, miteinander zu reden – gerade auch über Fehler. Man kann die Jugend nicht für sich einnehmen, indem man ihr die Jeans erlaubt, die früher verboten waren.

Meinungsumfragen zeigen heute, daß linke Ansichten gar nicht mehr so exotisch sind wie Anfang der neunziger Jahre, als das heutige System als Ende der Geschichte verklärt wurde. Eine Allensbach-Studie von 2007 ergab, daß fünfundvierzig Prozent der Westdeutschen und siebenundfünfzig Prozent der Ostdeutschen den Sozialismus für ›eine gute Idee‹ halten. Würde sich Ronald M. Schernikau über diese Entwicklung freuen oder wäre er enttäuscht, weil nur ein kleiner Teil dieser Menschen politisch aktiv ist?

Es wäre wohl eine Mischung aus beidem. Er war immer enttäuscht über Leute, die den Durchblick haben und nichts tun. Aber natürlich würde er sich erst mal darüber freuen, daß so viele den Durchblick haben.

Die sogenannte Wende ist ja auch sehr plötzlich gekommen – und ich kann mir vorstellen, daß die nächste gesellschaftliche Veränderung auch schneller kommt, als wir denken. Vielleicht erlebe ich es noch, vielleicht auch nicht. Aber ich bin hundertprozentig davon überzeugt, daß es einen zweiten Versuch geben wird. Dabei wird man aus den Fehlern gelernt haben. Ich weiß auch, daß es neue Fehler geben wird. Das ist nun mal so.

Vergleiche hinken zwar immer, aber ich denke da an eine kinderreiche Familie. Beim ersten Kind war die Mutter überängstlich – sie hat es abgeschirmt; hat es vielleicht noch nicht mal auf den Spielplatz gelassen, damit es sich nicht ansteckt – sie hat im übertragenen Sinn eine Mauer um das Kind gebaut, um es vor negativen Einflüssen zu schützen. Aber beim zweiten Kind ist sie schon wesentlich entspannter; und irgendwann fällt die Mauer weg. Beim dritten oder vierten Kind ist die Mutter nicht mehr so leicht zu erschüttern. So wird es auch mit dem Aufbau einer neuen Gesellschaft sein. Wir haben später keine Mauer mehr nötig.

Zu einer friedlichen Revolution gehören zwei Seiten, die beide friedlich bleiben müssen. Die Führungsspitze der DDR hat sich gewaltfrei von der Macht getrennt, als sie erkennen mußte, daß die Bevölkerung nicht mehr hinter ihr stand. Halten Sie so eine Entwicklung auch heute wieder für möglich?

Das ist sehr fraglich. Wie das einmal vonstatten geht, kann heute kein Mensch wissen. Wollen wir hoffen, daß es ohne Gewalt geht. Aber das Vertrauen darauf, daß es besser wird, lasse ich mir nicht nehmen. Da kann sonstwas dazwischenkommen, persönlicher Art oder weltgeschichtlicher Art. Meine Zuversicht, daß wir eines Tages eine sozialistische Gesellschaft haben werden, die bleibt.

Die größte Gefahr sehe ich heute darin, daß viele Menschen einfach die Schnauze voll haben von allen politischen Machenschaften und deshalb nur noch ihr privates Glück suchen. In der DDR haben wir das ›Ich‹ vernachlässigt und das ›Wir‹ an die erste Stelle gesetzt. Heute sehe ich die Gefahr, daß sich die Menschen abkapseln.

Allerdings bin ich immer wieder erstaunt, wieviele Jugendliche die Verhältnisse durchschauen. Leider gibt es auch eine ziemlich starke rechtsextreme Szene, aber große Teile der Jugend durchschauen heute den Kapitalismus. Das ist meine Hoffnung. Es wird einen zweiten Versuch geben. Im nachhinein kommen ja auch viele DDR-Bürger zu der Erkenntnis: ›Mensch, ich bin eine rote Socke, das habe ich ja noch gar nicht gewußt.‹

Die Biographie über meinen Sohn heißt *Der letzte Kommunist*. Eine Biographie über mich könnte *Der allerletzte Kommunist* heißen, aber es gibt noch tausende von uns.

Wir leben in einer wirklich spannenden Zeit. Ich bin sehr glücklich, derart vielfältige Lebenserfahrungen machen zu dürfen. Vieles hätte nicht sein müssen, aber das erkennt man immer erst hinterher. Und so, wie es war, war es lehrreich.

Ich bin sehr froh, daß ich mich damals nicht umgebracht habe, als mein Sohn gestorben war.

Haben Sie damals ernsthaft über Selbstmord nachgedacht?

Den Gedanken hatte ich. Ich hatte keine Lust mehr. Weitergemacht habe ich, weil ich wußte, daß mein Sohn vier Wochen vor seinem Tod sein großes Werk zu Ende gebracht und Manuskripte an mehrere Verlage geschickt hatte. Er hatte keine Antwort mehr bekommen – und ich wollte das noch veröffentlicht haben. Sein Lebenspartner Thomas Keck und ich haben die Verlage abgeklappert, bis es nach acht Jahren endlich geklappt hat. Die *legende* konnten wir herausbringen, nachdem der goldenbogen verlag in Dresden gesagt hat, wenn wir fünfhundert Leute finden, die bereit sind, den doppelten Buchpreis zu bezahlen, dann können wir es drucken.

Das war ein Grund, warum ich weitergemacht habe – ich wollte, daß das in die Welt kommt. In den ersten zwei, drei Jahren nach dem Untergang der DDR und dem Tod meines Sohnes habe ich mich von einigen Menschen getrennt, weil sie mich nicht mehr verstanden haben.

Einmal erwähnte ich einem befreundeten Arzt gegenüber ein bestimmtes Medikament und sagte: ›Wenn ich das jetzt hätte, wüßte ich, was ich damit mache.‹ Er meinte daraufhin: ›Das kann ich dir besorgen.‹ Das war ein psychologischer Trick. In dem Moment ist mir klargeworden: Das will ich ja gar nicht!

Drei Jahre nach Ronalds Tod habe ich meine jetzige Liebe kennengelernt. Es war 1994, ich hatte keine Libido mehr und dachte, das Thema Männer sei für mich erledigt. Er arbeitete als Arzt auf Zypern, ich kam dorthin, als ich an einer Leserreise des *Neuen Deutschland* teilnahm. Als ich ihn sehe, denk ich plötzlich: ›Huch, da regt sich ja was. Was ist das denn auf einmal?‹

Jetzt sind wir seit fünfzehn Jahren zusammen – und noch nie bin ich mit einem Mann so glücklich gewesen. Er hat mich so genommen, wie ich war. Obwohl wir weltanschaulich große Differenzen haben, hat sich zwischen uns eine Gemeinschaft entwickelt, die für mich einmalig ist. Noch nie habe ich so eine tiefe gegenseitige Akzeptanz gefühlt wie bei diesem Menschen. Dazu braucht man vielleicht auch eine gewisse Reife. In jungen Jahren wäre dieser Mann für mich ein erotisches Erlebnis gewesen. Nicht mehr. Da hätte ich nach einem Menschen gesucht, der mit mir weltanschaulich übereinstimmt, der Kommunist ist. Das ist er nicht, aber er ist ein Mensch, der Ungerechtigkeit nicht aushalten kann.

Mit zunehmendem Alter ist es mir nicht mehr so wichtig, ob mein Freund in irgendeiner linken Organisation ist. Er hat als Mediziner der Naturheilkunde die Godo-Gang-schule gegründet, und ich habe das Glück, daß er nicht gerne organisiert, so daß ich mich bei der Werbung zu seinen Veranstaltungen austoben kann. Er tut sich schwer mit einem politischen Standpunkt, aber er ist durch und durch Humanist und hat Ziele, die unseren sehr nahekommen.

Er hätte Ronald wirklich gerne kennengelernt. Das ist ein großes Glück für mich, denn es gab in meinem Leben wenige Männer, die meinen Sohn so gemocht haben, wie er war. Schade, daß diese beiden Menschen sich nicht kennenlernen konnten.

Ronalds leiblicher Vater hatte sich ja von ihm abgewendet – mit den Worten, er sei ein kommunistischer Schmierfink. Das habe ich schriftlich. Als mein Sohn BAföG haben wollte und die Unterschrift seines Vaters brauchte, bekam ich diesen Brief.

Die anderen Liebhaber, die ich hatte, waren Episoden. Ich habe nicht mit ihnen zusammengewohnt und hatte auch nie das Bedürfnis, sie zu heiraten oder mich auf eine lebenslange Beziehung mit ihnen einzustellen. Es paßte nie hundertprozentig. Die meisten haben Ronald auch nicht kennengelernt.

Männer, die mit dem Kommunist-Sein oder dem Schwul-Sein meines Sohnes nicht klargekommen sind, habe ich immer weggeschickt. Die habe ich von der Bettkante gestoßen. Aber sofort.

Totale Übereinstimmung gibt es wahrscheinlich nicht, das wäre wohl auch langweilig. Peter und ich, wir sind jetzt beide um die siebzig, wir sind bereit, voneinander zu lernen – und das findet man in unserem Alter selten.

Ich hatte 2002 das Glück, als Entwicklungshelfer in einem buddhistisch geführten Kloster in Burma eine Schulklinik einrichten zu können, in der auch er arbeiten konnte. Dazu kam ich über den Senioren Experten Service. In der Volkshochschule hatte ich dafür mein Englisch aufgefrischt.

Die Schule wurde 1993 in Myanmar von buddhistischen Mönchen für Kinder eingerichtet, deren Eltern das Schulgeld nicht bezahlen können. Die Mönche hatten Zettel an die Bäume gehängt, auf denen stand, daß die Schule am Montag eröffnet wird – und da standen sechshundert Kinder auf der Matte. Mittlerweile sind es siebentausend Kinder, die Schule wurde mehrfach vergrößert. Trotz der Junta, die dort regiert. Als ich vor fünf Jahren zum zweiten Mal dort war, mußten wir übereilt das Land verlassen. Aber die Schule besteht noch. Finanziert wird sie durch Spendengelder aus Japan, England, Deutschland und Österreich.

Freunde von mir hatten im Urlaub diese Schule entdeckt und anschließend im Saarland einen Förderverein gegründet. Die Mönche mußten viel Geld für die medizinische Versorgung ausgeben, weil irgendein Kind immer was hatte. So entstand die Idee, eine eigene Krankenstation einzurichten. Ich bin sehr stolz, daß ich daran beteiligt war und den Grundstein dafür gelegt habe – ich hatte mir die Raummaße schicken lassen, es waren sieben mal fünf Meter. Auf dem Papier habe ich das vorher schon mal in Ruheraum und Sprechzimmer unterteilt. Dann bin ich mit tausend Dollar dort angekommen – und die hatten bereits in ihrer eigenen Schreinerei alles so gebaut, wie ich das eingezeichnet hatte. Viel klüger, als ich mir das überlegt hatte, haben sie einfach zwei Schränke auf Räder gestellt – so konnte man die Raumgrößen verändern. Sie haben eine Krankenschwester organisiert, und ich habe alle dreiundsechzig Lehrerinnen in Erster Hilfe ausgebildet. Aus meiner kleinen Schulklinik ist ein zweistöckiges Gebäude geworden, in dem immer ein Arzt anzutreffen ist. Inzwischen kommen hundertachtzig Patienten am Tag, nachdem sich herumgesprochen hat, daß die medizinische Versorgung dort kostenlos ist – und weder Buddhisten noch Ärzte würden jemanden nach Hause schicken, der krank ist.

Während der sogenannten Wende war ich arbeitslos geworden. In Magdeburg konnte ich nach meiner Rückkehr nicht gleich in einer Akademie für leitendes Pflegepersonal anfangen, weil ich die rechtliche und finanzielle Situation nicht mehr kannte. Deshalb habe ich als Erzieherin in der Freizeitbetreuung für Studenten gearbeitet. Das habe ich gerne gemacht, aber im Westen gab es das nicht. Das haben mir meine Kollegen zuerst nicht geglaubt, aber nach einem Jahr kam die Arbeitslosigkeit. Als ich die Kollegen Jahre später wiedergetroffen habe, sagten sie mir: ›Jetzt wissen wir erst, wovon du geredet hast, als du meintest, daß Tomaten im Winter doch nicht so wichtig sind.‹ Damals hatten sie mir noch geantwortet: ›Das kannst du leicht sagen, du hast aus dem vollen geschöpft.‹ Das hatte mir schon zu denken gegeben. Da hab ich erst mal geschwiegen.

Ein paar Wochen war ich arbeitslos, da bekam ich ein Angebot von meinem alten Arbeitgeber in Hamburg. In Schwerin sollte eine Zweigstelle des Berufsfortbildungswerks eingerichtet werden. Dort galten ja nun auch die westlichen Rahmenbedingungen, die ich kannte. Das Angebot habe ich angenommen und bin ein halbes Jahr lang die Woche über nach Schwerin gefahren. Bald mußte ich aber erkennen, daß dieses Projekt keine Zukunft hatte. Wir bekamen plötzlich Konkurrenz von DRK und ÖTV.

Deshalb habe ich die Möglichkeit genutzt, die damals den Fünfundfünfzigjährigen angeboten wurde, in den Vorruhestand zu gehen. Ich wollte auf Honorarbasis weitermachen und habe mich nur ins Wochenende verabschiedet.

Und genau an diesem Wochenende habe ich erfahren, daß mein Sohn gestorben ist. Da hätte ich es nicht verkraftet, mich vor die Klasse zu stellen und kluge Worte von mir zu geben. Zum Glück hatte ich den Honorarvertrag noch nicht unterschrieben. Ich habe mich dann erst mal verkrochen.

Hatten Sie denn überhaupt geahnt, daß Ihr Sohn tödlich erkrankt war?

Ich habe es nicht gewußt. Als ich ihn zuletzt gesehen habe, sah er schlecht aus, aber das habe ich auf den Blinddarmdurchbruch geschoben, aufgrund dessen er ein Vierteljahr vorher im Krankenhaus gelegen hatte. Das war ja keine Kleinigkeit.

Thomas hat mir später gesagt, daß Ronald sich vorgenommen hatte, mir die Wahrheit zu sagen, wenn ich gefragt hätte: ›Du siehst schlecht aus, was ist mit dir?‹

Dann hätte er mir gesagt, daß er HIV-positiv ist. Da ich aber nicht gefragt habe, hat er es sein lassen. Ich denke, er hat einen Satz in der *legende* für mich geschrieben. Dort heißt es, man soll den Schmerz nicht teilen, mitgeteilter Schmerz schmerzt umso mehr. Ich bilde mir einfach ein, daß dieser Satz für mich ist. Thomas hat mir bestätigt, daß Ronald es nicht ertragen hätte, wenn ich ihn in dieser Situation zu sehr bemuttert hätte. Das muß ich akzeptieren. Natürlich war ich lange Zeit wütend, weil wir uns nicht verabschieden konnten. Aber er hat es so entschieden.

Sein erstes Testament hatte Ronald schon nach seinem ersten literarischen Erfolg mit der *Kleinstadtnovelle* geschrieben. Er war jung, wurde gefeiert und dachte, er könnte jetzt davon leben. Er wollte, daß ich das Geld bekomme, falls ihm etwas zustößt. Damit ich aufhören könne zu arbeiten, wenn ich es will. Der hat mich wirklich geliebt.

Es ist wahrscheinlich das Schlimmste, was einem passieren kann, wenn das eigene Kind stirbt. Auf dem Friedhof war ich manchmal so wütend, wenn ich die Grabsteine der Achtzig- und Neunzigjährigen in einer Reihe mit meinem Sohn gesehen habe, der nur einunddreißig geworden ist.

In den ersten Wochen bin ich zwei Mal wöchentlich nach Berlin gefahren. Obwohl ich wußte, das Grab ist immer nur für die Hinterbliebenen. Das habe ich nur für mich gemacht. Ronald hat ja davon nichts mitgekriegt.

Irgendwann habe ich einen Comic von Ralf König gelesen, in dem ein Mann auf dem Friedhof steht, und aus dem Grab kommt eine Stimme, die sagt sinngemäß: ›Mensch, geh nach Hause, ich hab jetzt keine Zeit mehr für dich. Hier gibt's gleich ein Konzert mit Freddie Mercury.‹ Das fand ich toll. Irgendwie hat es mich getröstet.

Es ist noch kein Jahr her, da sitze ich mit zwei Freundinnen zusammen, die eine hatte gerade ihre neunzigjährige Mutter verloren und die andere ihren neunzigjährigen Mann. Und eine von beiden sagte zu mir: ›Aber ein Kind zu verlieren, wie du es erlebt hast, das ist viel schlimmer.‹ Und ich höre mich sagen: ›Jeder Tote ist ein Verlust.‹ Da hatte ich etwas begriffen. Aber dazu bin ich erst jetzt in der Lage.

Ich habe hier mein Traumbuch in der Hand. Zum ersten Mal habe ich ein paar Tage nach Ronalds Tod von ihm geträumt. Sehr deutlich. Aber ich hatte es am nächsten Morgen vergessen. Da habe ich mir geschworen, ich muß diese Träume unbedingt festhalten. Ich habe mir daraufhin dieses Heft gekauft und es immer auf dem Nachttisch liegengehabt.

Wenn ich nachts aufgewacht bin, habe ich dann dieses Heft genommen und die Träume aufgeschrieben. Manchmal habe ich es am nächsten Morgen gelesen und nur an meiner Schrift erkennen können, daß ich selbst es geschrieben haben mußte. Aber ich konnte mich nicht daran erinnern. Deshalb bin ich heilfroh, daß ich dieses Heft habe. 1997 war es voll. Es handelt von realen und fiktiven Situationen. Die Abstände zwischen den Träumen wurden mit der Zeit immer größer. Monatlich, dreimonatlich. Dann habe ich aufgehört. Ich habe es seither immer mal wieder in die Hand genommen, aber ich habe nicht darin gelesen. Ich glaube, das verkrafte ich noch nicht. Das mache ich mal, wenn ich im Sterben liege. Das habe ich mir fest vorgenommen. Mein Freund hat mir versprochen, daß er bei mir sein wird, wenn ich vor ihm sterbe. Daß er sich an mein Bett setzt und mir beisteht. Dann werde ich das Buch nehmen und darin lesen. Dann bin ich mit Ronald zusammen. Dann bin ich auch fast tot – und dann sind wir zusammen.

Wie hat Ronalds leiblicher Vater auf seinen Tod reagiert?

Nach Ronalds Tod hat mir sein Vater geschrieben: ›Ich leide sicher nicht so wie du, aber ich kann dich gut verstehen.‹ Das hat mir sehr gutgetan.

Wenn ich mich selbst und meine Schwächen beschreiben sollte, dann wäre eine davon, daß ich zwar viel Zeit für mich selber brauche, aber nicht alleine existieren kann. Ich bin zwar kreativ, gestalte gern, schreibe Geschichten und habe dafür schon Preise bekommen, aber wenn ich alleine ein Problem zu lösen habe, dann drehen sich meine Gedanken im Kreis. Alleine komme ich da nicht heraus. Ohne einen Anstoß von außen kann ich dann keinen klaren Gedanken mehr fassen. Wenn ich Peter nicht getroffen hätte, dann wäre ich noch viel stärker auf meinen guten Freundeskreis angewiesen. Alleine bin ich einfach schwach.

Ronald war viel schneller als ich in der Lage, Situationen zu durchschauen. Dafür bewundere ich ihn. Ich fand es schon in seiner Kindheit toll, wie schnell er die Dinge erfaßt hat. Er wirkte als Kind streckenweise altklug, weil er einfach schon soviel wußte.

Schon mit acht Jahren hat er die Shakespeare-Märchen aus dem Kinderbuchverlag gelesen, die für Kinder ab zwölf Jahren gedacht waren, und er hat sie verstanden. Da hat er schon begonnen, fehlerfrei kleine Geschichten zu schreiben. Mit den verrücktesten Titeln: ›Romeo, meine Brüste jucken‹.

Als ich später die *Kleinstadtnovelle* gelesen habe, hat mich sein Weitblick überrascht.

Es tröstet mich sehr, daß Ronald nicht vergessen ist. Ein Buch, das ich mir angelegt habe, um alles zu sammeln, was an guten Artikeln, Besprechungen und Nachrufen erschienen ist, habe ich *Trostfreuden* genannt. Zum Beispiel sind mittlerweile fast hundert Rezensionen über die Biographie erschienen.

›Der letzte Kommunist‹ ist trotz des traurigen Endes mit viel Humor geschrieben und liefert Einblicke in die schrille Berliner Schwulenszene der achtziger Jahre. Wie gefällt Ihnen diese Biographie?

Als ich sie gelesen habe, kam einerseits die Trauer wieder hoch. Aber ich habe dadurch auch ganz neue Seiten an Ronald entdeckt, die ich so noch gar nicht kannte – und es gab auch Stellen, wo sie mich zum Lachen gebracht hat. Was darin fehlt, ist die Zeit von Ronalds Politisierung. Aber Matthias Frings hat eben mit diesem Buch einer Freundschaft ein Denkmal gesetzt, die anfing, als mein Sohn schon politisiert war – und er nimmt Ronalds politische Haltung nach wie vor sehr ernst.

Inzwischen weiß ich, es kommt darauf an, wie man gelebt hat. Und mein Sohn hat das Bestmögliche aus seinen einunddreißig Jahren rausgeholt.

Er hat das geleistet, was er leisten konnte, er hat seinen Spaß gehabt, er hat nie vergessen, daß man ein Ideal auch leben muß. Er hat einfach gegeben, was er konnte. Es ist immer wieder ein schönes Erlebnis, aus seinen Büchern zu lesen. Zum Glück ist es mir gelungen, nicht mehr zu weinen. Es hat mich sogar gestärkt.

Eine Freundin von mir ist christlich eingestellt. Es gab Zeiten, da haben wir uns nicht verstanden, aber unsere Freundschaft hat trotzdem über vierzig Jahre gehalten. Wenn mich heute jemand fragt: ›Wie kannst du immer noch Kommunist sein, obwohl dieses Experiment den Bach runtergegangen ist?‹, dann stelle ich die Gegenfrage: ›Wie kann ein Christ immer noch Christ sein, trotz der Inquisition und der Kreuzzüge?‹

Es gibt Christen, die sind immer noch Christen, weil die Grundidee für sie richtig ist. Deshalb bin ich immer noch Kommunist. Im Leninschen Sinne bin ich das zwar gar nicht, weil ich nicht mehr politisch aktiv bin, zumindest bin ich nicht mehr parteigebunden. Aber wenn der liebe Wladimir Iljitsch mich kennen würde, dann würde er seine Definition zurücknehmen. Ich nutze ja jede Gelegenheit, um mich zu erkennen zu geben. In Gesprächen bin ich nicht mundfaul, ich verschweige niemandem meine kommunistische Gesinnung. Zu mehr fühle ich mich kräftemäßig nicht in der Lage. Aber mein kleines Leben ist jetzt wieder in Ordnung.

Ich möchte dazu beitragen, daß Menschen unterschiedlicher Weltanschauung eine bessere Welt erreichen können. Daß das möglich ist, glaubt man in jungen Jahren nicht. Wer diesen Reifeprozeß bewußt mitmacht, für den ist Altwerden überhaupt nichts Schlimmes. Mein Sohn hat in einem Gedicht geschrieben: ›Nichts anderes ist, als was wir daraus machen.‹ Das ist Leben.

Anmerkungen

S. 194: *das Abkommen*
Zwischen der SED und ihrer westdeutschen Schwesterpartei DKP gab es die Absprache, daß keine Genossen in die DKP aufgenommen werden sollten, die illegal die DDR verlassen hatten.

S. 200: *Willi Stoph*
Politiker der SED (1914–1999), u.a. Vorsitzender des Ministerrates sowie Staatsratsvorsitzender der DDR.

Editorische Notiz

Das Interview zwischen Ellen Schernikau und ihrem Sohn, das diesem Buch zu Grunde liegt, wurde im Herbst 1981 in Hamburg geführt und umfaßt in der Abschrift mehrere hundert Seiten. Aus diesem Material verfaßte Ronald M. Schernikau den vorliegenden Text, der zu Lebzeiten des Autors nicht mehr publiziert worden war und seit dessen Tod in seinem Nachlaß verwahrt wird. Allerdings hat Schernikau in einem weiteren Bearbeitungsschritt im Laufe der achtziger Jahre daraus eine Bühnenfassung entwickelt, die unter dem Titel »Irene Binz. Die Frau im Kofferraum« im Jahr 1999 postum als Teil VII seines Opus magnum *legende* publiziert wurde.

Die vorliegende Textfassung folgt getreu dem im Nachlaß lagernden Typoskript. Eigenheiten der Schreibweise und Zeichensetzung wurden bewußt weder korrigiert noch vereinheitlicht, lediglich regelrechte Fehler stillschweigend bereinigt. Die Schreibweise der Namen orientiert sich an jener der Stückfassung.

Mit Ausnahme des Fotos auf Seite 6, das aus dem Archiv Nachlaß Ronald M. Schernikau stammt und von Ina Mischke aufgenommen wurde, sind alle Abbildungen aus Privatbesitz.

Weitere Informationen unter: www.schernikau.net

ROTBUCH

Der neue Historikerstreit

Wolfgang Wippermann
Dämonisierung durch Vergleich
DDR und Drittes Reich

160 Seiten, brosch.
ISBN 978-3-86789-060-1 | 9,90 €

Wippermann zeigt, wie Konstruktion und Erfindung der Totalitarismusdoktrin und Extremismuslegende ihre Anwendung auf die DDR finden. Danach sollen Faschismus und Kommunismus miteinander vergleichbar, ja weitgehend identisch sein. Das aber führt zur Verharmlosung des Dritten Reiches und zur Dämonisierung der DDR.

www.rotbuch.de